A CAÇADORA DE ÁRVORES

A CAÇADORA DE ÁRVORES

MARIE PAVLENKO

TRADUÇÃO:
SOFIA SOTER

Diretor-presidente: Jorge Yunes
Gerente editorial: Luiza Del Monaco
Editor: Ricardo Lelis
Assistente editorial: Júlia Tourinho
Suporte editorial: Juliana Bojczuk
Estagiária editorial: Emily Macedo
Coordenadora de arte: Juliana Ida
Assistentes de arte: Daniel Mascellani, Vitor Castrillo
Designer: Valquíria Palma
Gerente de marketing: Carolina Della Nina
Analistas de marketing: Flávio Lima, Heila Lima
Estagiária de marketing: Agatha Noronha

Et le désert disparaîtra
Copyright © 2020 by Marie Pavlenko
© Companhia Editora Nacional, 2022

Todos os direitos reservados. Nenhuma parte desta obra pode ser reproduzida ou transmitida por qualquer forma ou meio eletrônico, inclusive fotocópia, gravação ou sistema de armazenagem e recuperação de informação sem o prévio e expresso consentimento da editora.

1ª edição – São Paulo

Ilustração e projeto de capa: Vitor Castrillo
Produção editorial: Camille Mendrot | Ab Aeterno
Revisão: Cristina Fernandes
Diagramação: Marcos Gubiotti

DADOS INTERNACIONAIS DE CATALOGAÇÃO NA PUBLICAÇÃO (CIP) DE ACORDO COM ISBD

P451c   Pavlenko, Marie
        A caçadora de árvores / Marie Pavlenko ; traduzido por Sofia Soter. - São Paulo, SP : Editora Nacional, 2022.
        176 p. ; 14cm x 21cm.

        Tradução de: Et le désert disparaîtra
        ISBN: 978-65-5881-077-3

        1. Literatura infantojuvenil. 2. Ecologia. 3. Natureza. 4 Distopia. I. Henriques, Sofia Soter. II. Título.

                                            CDD 028.5
2021-4013   CDU 82-93

Elaborado por Odilio Hilario Moreira Junior - CRB-8/9949
Índice para catálogo sistemático:
1. Literatura infantojuvenil 028.5
2. Literatura infantojuvenil 82-93

NACIONAL

Rua Gomes de Carvalho, 1306 – 11º andar – Vila Olímpia
São Paulo – SP – 04547-005 – Brasil - Tel.: (11) 2799-7799
editoranacional.com.br – atendimento@grupoibep.com.br

Para Mathias e Aurélien.

*Já existiram lagos no Saara,
talvez um dia voltem a existir.*

Théodore Monod, *Méharées*

Apoiada no mirante de madeira, ela vigia com olhar atento a vasta imensidão arenosa. O calor faz tremeluzir as dunas do horizonte, e a mulher aperta os olhos para enxergar melhor.

Um galho dança atrás dela. As folhinhas viçosas vibram, o galho abaixando e quicando à mercê do vento. Ele sobe, desce, toca de leve a nuca da mulher, que o afasta com as mãos e volta a se concentrar no deserto.

Céu e terra se misturam.

De repente, ao longe, uma coluna de areia se ergue. É minúscula, mas a mulher logo a vê.

Assim que tem certeza de quem se aproxima, a mulher se vira e fala com o menino agachado ao pé do mirante:

— Chegaram os convidados que faltavam.

— Então, eu vou ler o Livro?

— Vai. Assim que eles chegarem e puderem se banhar, começaremos a cerimônia. E, aí, você poderá ler o Livro. Vá avisar o conselho!

O menino sorri e se vai ziguezagueando entre cipós, raízes e arbustos.

A mulher o vê sumir em meio aos troncos amontoados, engolido pela floresta que se desdobra atrás do mirante. Os pezinhos martelam o tapete de folhas mortas até voltar a fazer silêncio.

Ela se endireita, penteia o cabelo com a mão e o prende melhor. Espana a túnica com um gesto e aguarda a chegada da caravana.

Ela não demonstra, mas também mal pode esperar para que se comece a leitura do Livro.

O deserto se estende até sumir de vista. Três tons se espalham: o ocre oscilante da areia em brasa, o azul profundo do céu e, ao fundo de uma duna, um triângulo preto perdido na imensidão.

A barraca da Anciã.

É aonde vamos.

O perfume da sopa chega a minhas narinas. Nossas mães nos mandaram correr, para não dar tempo de esfriar. Aperto a mão de Tewida. Os cabelos compridos e cacheados dela fazem cócegas no meu antebraço.

— Pronta?

Ela levanta o bastão, um cilindro longo de material maciço comprado no centro da cidade. Eu me viro e olho para o assentamento uma última vez. Minha mãe está na entrada de nossa barraca. Impaciente, ela faz um gesto para me apressar. A mãe de Tewida acena com a cabeça. Saber que elas nos vigiam me tranquiliza.

— Vamos!

Tenho medo, mas não quero demonstrar. Um passo atrás do outro, minhas solas leves afundam na areia fofa.

A CAÇADORA DE ÁRVORES

Ando devagar, do jeito mais tranquilo possível. O suor da minha mão me entrega, escorregando na mão de Tewida. Ela é dois anos mais velha que eu, mas já é mais alta que minha mãe. Seu corpo já é de mulher. Eu tenho doze anos, mas ainda tenho cara de criança. Além disso, não tenho permissão para deixar o cabelo crescer. No nosso povo, é preciso ser aceita pelas mulheres para deixar de cortá-lo. Ainda me falta muito.

O triângulo preto cresce.

Tewida sorri.

— Nada no horizonte. Não seremos devoradas hoje.

Analiso com atenção os montes rochosos, monstros deformados recortados no céu. Os animais selvagens são especialistas na arte da camuflagem. Eles se escondem dentro e atrás dessas formações fantasmagóricas. Não saio do assentamento, nunca cruzei o caminho deles. Mesmo assim, de vez em quando, à noite, eles assombram os arredores das barracas, rastejando e gritando bem pertinho.

Os caçadores os conhecem bem. Eles, às vezes, trazem couro. Esses bichos são da cor da areia perfurada de escuro, de presas cortantes e dilacerantes e mandíbulas enormes.

O bastão simples de Tewida foi levado para nos proteger.

— Melhor não concluir tão rápido — resmungo. — Você sabe, os animais selvagens são perversos.

Hesito antes de continuar a falar.

— O que... o que a gente faz se encontrar a Anciã morta?

— Ah, você sabe que nunca há corpos. É por isso que os idosos se instalam longe do assentamento. Os animais selvagens rondam, farejam e sempre acabam levando seus corpos embora.

Tewida fala com bastante certeza. Mesmo assim, não consigo deixar de duvidar. A Anciã já se exilou há duas luas. É um recorde. Normalmente, depois de alguns dias, a barraca já está vazia.

É o costume: quando um idoso está velho demais para ajudar a comunidade, quando se torna um fardo, ele reúne o assentamento e pede pela Murfa, a barraca de exílio. Na maioria das vezes, homens e mulheres aceitam. No dia seguinte, o idoso distribui suas posses, doando tudo o que tem. Ao entardecer, o Sol toca o horizonte, o céu vermelho e o deserto ardem em chamas, e o ancião faz sua declaração. Uma longa procissão o leva à Murfa. Depois disso, cada um leva comida, alternando os dias. Até que um animal o leve embora. E a barraca espera o próximo morador.

Uma ventania quente se ergue e sacode nossas túnicas.

— Acho que a Anciã bota medo nos animais selvagens...
— sussurro.

Tewida me olha, franzindo as sobrancelhas, e contém um riso.

— Samaa, quase todo mundo acha você esquisita por causa de suas ideias doidas de caçar e de ler seu livrinho estranho. Eu a defendo porque gosto muito de você, mas,

se continuar assim, vou acabar achando que você enlouqueceu de vez. A Anciã não bota medo em ninguém, muito menos nos animais. Ela só resmunga e fala de árvores. E é forte. Acontece.
Uma lufada levanta um monte de areia e meus olhos ardem.
Na bolsa, a sopa sacode.
A Anciã nasceu faz tanto tempo que ninguém mais se lembra. Como se fosse velha desde sempre. Ela ajudou gerações de mulheres a parir, cuidou delas, salvou bebês. Foi ela quem me trouxe ao mundo. Minha mãe já me contou mil vezes que eu estava ao contrário na barriga e tudo poderia piorar ainda mais se a Anciã não tivesse me obrigado a me virar. As mulheres a respeitam apesar das histórias que ela repete sem parar. Muitas choraram quando ela declarou sua vontade de exílio. Já os homens, por sua vez, a desprezam. Normal: quanto mais caçadores trazem árvores, mais a Anciã se irrita. Segundo ela, não devemos cortar árvores, mas venerá-las. Só elas têm o poder de devolver a prosperidade à nossa terra árida.
Baboseira.
A caça nos mantém vivos. Quando vão vender a *leña*, a árvore derrubada, os homens voltam com água, comida fabricada em máquinas, latas de conserva, remédios, garrafas de oxigênio, tecido, linha. Vivemos várias luas com essas coisas.

Já quando os caçadores não conseguem nada, não derrubam árvore alguma, nós emagrecemos. Os ossos do peito aparecem, os ombros ficam pontudos. Respiramos com dificuldade, e a língua engrossa no fundo da garganta, como se bloqueasse o caminho. Aí, morremos.

Eu vivi três épocas de fome. Em todas, foi porque os caçadores chegaram depois de outro povo. Eles precisam de provisões para as expedições longas. Se não sobra nada, eles retornam para então sair de novo com mais provisões. Três vezes, desde que eu nasci, eles voltaram de mãos abanando. Os comerciantes não puderam ir à cidade. Nada de água. Nem de comida. Nem de oxigênio. Sobrevivi porque minha mãe me dava a comida dela e me obrigava a respirar as garrafas dela, guardadas como joias sob o colchão. Já meu pai partiu com os caçadores imediatamente. Eu me lembro dos olhos da minha mãe. Eles se transformam quando ela está com fome: crescem, dão medo.

Nas duas primeiras vezes, não sei quem morreu, porque eu era muito pequena. Só me lembro de minha mãe, seu rosto encovado, e da minha língua que grudava na boca. Já da terceira vez, eu me lembro: dois bebês, uma criança, sete mulheres e dois homens foram enfileirados nos tapetes da duna-dos-mortos. Os lábios deles estavam arroxeados e a pele, desbotada. Tinham se asfixiado no ar do deserto. Ou tinham sentido fome demais. Ou as duas coisas.

A CAÇADORA DE ÁRVORES

Nós os levamos, um atrás do outro, para longe do assentamento. Eu ajudei. O menino que eu arrastei era muito pesado. Ele deixou dois rastros paralelos na areia com as pernas. Vários rastros parecidos corriam até a duna-dos-mortos. Em seguida, deitamos os corpos nos tapetes e rezamos para que as feras os levassem, mas sem levar suas memórias, para que elas ficassem perto de nós, invisíveis, e nos impregnassem. Em círculo, cantamos por três noites. No entanto, não acendemos fogueira no velório; o estoque de pedra rosa também tinha acabado. Nós trememos de frio sob as estrelas e nossas vozes fracas sumiram no escuro. Minha mãe chorou, sem nenhuma lágrima escorrer pelo rosto. Eu dormi lá mesmo, no chão, cantando.

A volta dos caçadores trouxe esperança, mas ainda foi preciso aguardar os comerciantes para beber e comer. Antes disso, ainda, outros corpos encontraram a duna--dos-mortos.

Quando os caçadores se dão bem, nós sobrevivemos.

Eu tropeço em uma pedra e solto um gritinho. Tewida me olha feio.

— Shh!

Eu abaixo o rosto, aperto o passo. Tewida está certa: ouvi um animal selvagem urrar à noite. Foi um grito demorado, agudo, lembrando uma gargalhada.

Será que ele levou a Anciã?

Já estamos diante da barraca. Apesar do calor sufocante, estremeço.

Paramos na entrada e recupero o fôlego. Tewida solta minhas mãos, me olha, se endireita e entra na barraca.

A contragosto, eu a sigo, apertando firme as alças da bolsa.

Preciso de alguns segundos para me acostumar à penumbra. O tecido grosso da barraca isola o calor. Graças a ele, é mais fresco aqui dentro.

Quando as sombras finalmente tomam forma, observo o espaço minúsculo, a lareira no meio, a pedra rosa que alimenta o fogo no anoitecer, duas garrafas de oxigênio no tapete, um par de sandálias.

A Anciã.

Ainda aqui.

Sentada ao fundo, no colchão de palha, brinca com dados.

Duas luas! Como consegue?

É uma bruxa...

Tewida me empurra na direção dela. Tiro a sopa da bolsa, abro a tampa, avanço e a ofereço à Anciã. Ela nem ergue o olhar. Termina a partida sem falar uma palavra. Eu me balanço impaciente de um lado a outro.

Quando ela se digna a nos olhar, fico paralisada pelos olhos azuis gelados que contrastam com a pele amarelada e amarrotada. Estremeço e algumas gotas de sopa caem com um som firme no tapete que cobre a areia.

A Anciã sorri e pega a cumbuca com os dedos compridos e ossudos. Em seguida, ela dá um tapinha no colchão. Quer que eu me sente junto dela.

Por isso não queria trazer essa porcaria de sopa. Até agora, evitei esse trabalho o quanto pude, mas o adiamento era bom demais para durar. Todas as outras crianças vieram, uma de cada vez.

Tewida se senta na frente, no tapete. Eu me arrasto até o colchão de palha.

Espero.

A Anciã sorve a sopa, fazendo barulho. Ela está suja. Tem sopa escorrendo pelo queixo quando ela se vira na minha direção.

— Está muito boa, agradeça à sua mãe, Samaa.

Ela se lembra do meu nome. Ela sabe os nomes de todos do povoado.

Ela abre um sorriso e eu fico fascinada pelos buracos pretos na boca. Quantos dentes lhe restam? Quero perguntar, mas me contenho.

— Você está se tornando uma moça espetacular, Tewida. Logo, logo, se o deserto quiser, você terá um marido e lindos filhos.

Que elogio ridículo. Tewida abaixa os olhos e se retrai, constrangida.

— Cuidado para não escolher um caçador. São todos uns miseráveis — acrescenta a Anciã.

Tewida fica séria. Só faz dez minutos que estamos aqui, e a Anciã já começa a aborrecer com essa história de árvore. Como ela consegue insistir tanto?

— Ah, crianças queridas, se tivessem conhecido o mundo de antes...

Procuro o olhar de Tewida, mas aquela traíra me evita. Sempre tão obediente. Eu suspiro exageradamente. A Anciã continua a falar.

— As árvores não ficavam escondidas nuns buracos do deserto. Não se resumiam à *leña*, essa tal mercadoria rara que enlouquece os idiotas da cidade. Como se as árvores fossem feitas para decorar as salas e alimentar os caprichos dos ricos descerebrados! As árvores se espalhavam por todo lado, nobres, majestosas, formando florestas. Sabem o que é uma floresta? Não, claro que não, como saberiam? Já desapareceram faz tanto tempo. Uma floresta é um grupo de centenas, milhares de árvores, com troncos grossos, casca que envenena ou cura, folhas e frutos que alimentam. As florestas eram cheias de animais aproveitando a sombra e o frescor, havia vida para todo lado. Água jorrava de cachoeiras, se acumulava no fundo dos vales, dava origem a lagos.

Blá blá blá.

Eu nem ouço. Ela não vai me fazer mudar de ideia.

— O que é lago, Anciã?

Pronto! Tewida, boa aluna, linda, tímida de mentirinha, abaixa o rosto e sorri... Ela me cansa!

— Um lago era uma extensão grande de água, tão calma que refletia o céu. Às vezes, os caçadores encontram lagos quando descem pelas fendas, mas são só lagoinhas. Antes, os lagos podiam ser tão vastos que nem dava para ver o fim.

A Anciã sorve de novo a sopa, fazendo vibrar o líquido quente, engolindo com ruído. Ela é nojenta. O pescoço pelancudo se mexe. Quero ir embora, mas, se minha mãe souber que eu fugi porque o pescoço enrugado da Anciã me dá calafrios, ela vai me obrigar a voltar todo dia. Prefiro morrer.

— Como árvores curam, Anciã?

Tewida é tão previsível, fazendo charme.

— Se mastigar a casca, as folhas, fabricar uma pasta e passá-la nas feridas, a dor desaparecerá. Se colher frutinhas de arbustos, dá para se fortalecer ou morrer. As árvores têm mil rostos. Mas... infelizmente, agora somos incapazes de lê-las.

Nunca vi árvore na terra – já vi cortadas, óbvio –, mas os arbustos eu conheço: palitos enterrados na areia, de onde saem galhinhos magros, cobertos de espinhos espetados e dedos atrofiados. Eles revestem o deserto – os conheci durante nossos êxodos, deslocamentos do povo todo, quando somos guiados pelos caçadores. Mamãe diz que já avançamos quatro vezes desde que eu nasci. Eu me lembro bem do penúltimo êxodo. Foi então que vi arbustos pela primeira vez.

Na época, era ingênua; achava que a vida era eterna. Empoleirada nos ombros do meu pai, eu enxergava até longe, muito mais longe do que jamais enxergara. O Sol queimava meu rosto, no pedaço exposto pelo lenço enrolado na minha cabeça, e eu me perguntava: como os caçadores sabem aonde ir, onde parar? Já morria de vontade de virar caçadora, trazer árvores para alimentar o povo sob aplausos. Não tinha entendido que era trabalho de homem.

Meu pai se aproximou de um arbusto salpicado de bolinhas verde-escuras. Pedi para descer, mas ele se recusou. Eu não podia encostar de jeito nenhum. "As bolinhas que você está vendo são veneno, Samaa, os arbustos são inúteis, são finos demais para vender e esculpir." Eu perguntei o significado de "esculpir", mas o sentido da palavra continuou confuso: dar forma à *leña*? Como seria possível? Eu entendia fazer desenho na areia, mas numa árvore? Eu bebi suas palavras e obedeci a meu pai. Ele me parecia sábio, poderoso.

Imortal.

No último êxodo, eu segui o grupo. Avancei sem saber que andava. Só me lembro de uma coisa: minha mãe tinha emagrecido, apesar de termos alimento. De vez em quando,

A CAÇADORA DE ÁRVORES

uma lágrima escorria pelo rosto marrom. Era a primeira vez que ela emigrava sem meu pai. Segurei a mão dela. Na maior parte do tempo, ela nem reparou. Sua mão se manteve mole, inerte.

Os caçadores se afastam cada vez mais da cidade em busca de árvores. Quanto mais o tempo passa, mais longas são as viagens. Porque essas porcarias de árvores são raríssimas. É por causa delas que meu pai nunca voltou. É por causa delas que os caçadores enfrentam o deserto. Por isso, desses olhos de emoção e cheios de lágrimas da Anciã quando fala de árvores, eu passo longe.

Afinal, o que ela sabe disso tudo? Ela não nasceu no mundo antigo: esse mundo não existe desde a época dos tataravós dela. De tanto ela falar, eu lembro! Se existiam animais, por que não há mais nada além de feras e *kralls*? Só muros e paredes e estruturas esquisitas que surgem nas dunas? A Anciã diz que a vida secou. E as árvores? Por que elas continuam aqui, se não é para nos ajudar a sobreviver?

A Anciã toma mais um gole da sopa.

— O deserto ganhou. As árvores se enraízam nas fendas, escondidas dos homens ávidos. A gente da cidade as usa para decorar as casas, tão espaçosas que o povo todo caberia lá dentro. Mortas, árvores não valem de nada. Vivas, *são* a vida. A gente da cidade não sabe ver. São iguais aos caçadores. Imbecis.

De repente, um chamado comprido rasga o silêncio do deserto.

Eu me endireito, vigilante. O chamado se repete e exclamações de alegria irrompem do assentamento.

O som da corneta! Fico de pé em um salto: os caçadores voltaram!

Mal posso esperar para rever Solas; como foram tristes as quatro luas sem ele! Ninguém mais brinca comigo. A primeira caça dele...

— Anda, Tewida, vamos lá! Adeus, Anciã! — grito.

Sem olhar para trás, saio da barraca e corro o mais rápido que os sapatos me permitem, escorregando na areia fina.

Agora que os caçadores estão entre nós, nenhum animal selvagem me atacará no caminho.

Quando chego, recupero o fôlego, curvada para a frente com dor no baço. Crianças empolgadas correm e gritam de um lado para o outro, mulheres sorridentes abraçam seus companheiros, mães beijam os filhos ou os esperam com expressões inquietas.

Às vezes, alguns não voltam. Em geral, é porque o comboio é atacado pelas feras no trajeto.

Uma multidão se aglomerou no meio do assentamento, onde se ergue o mastro. Os caçadores falam alto e gesticulam, já contando suas aventuras. Os trenós carregados de árvores cortadas estão bem ali. Procuro Solas atrás dos homens, no meio das crianças, entre as maiores, mas não, não o vejo. Ele voltou, ele certamente voltou. Tento ignorar o nó que sobe à minha garganta. Lembranças ressurgem: procuro na multidão, meu pai não está entre os caçadores, não está em lugar nenhum, viro o rosto de um lado para o outro, nada, vejo o rosto de Kalo e sei. Sei que um acidente aconteceu.

— Oi, Samaa!

Eu me viro e estou cara a cara com Solas. Só que não é ele, exatamente. Fico aliviada, mas chocada ao mesmo tempo. Não resta nada do menino de catorze anos que vi partir com o estômago embrulhado, o corpo magrelo e desengonçado. Ele cresceu muitos centímetros e veste uma túnica sem manga. Os ombros são bem desenhados; os braços, secos e musculosos. A pele negra está meio escondida pelos cachos castanhos: cresceram tanto que formam uma auréola ao redor da cabeça. Felizmente, reconheço seus olhos pretos e animados.

Eu gaguejo:

— Oi... é... tudo, é... tudo bem?

Ele ri e eu faço o mesmo, o que me relaxa um pouco. Ele exibe as mãos cobertas de calos.

— Eu cortei a árvore, Samaa! Precisamos ir longe para achar, mais longe, mais longe ainda! O deserto nunca acaba e as fendas mais próximas foram todas esvaziadas. Mas chegamos e... Uau!

Ele sacode meus ombros ao falar e sinto sua força; um sorrisão se abre no rosto dourado.

— Foi Gwarn quem notou. Era imensa! Tão alta! A coisa mais incrível que já vi! A gente vai ganhar tanto dinheiro!

Ele não fala mais "meu pai", só chama Gwarn pelo nome. Quando um homem se torna caçador, só valem os vínculos da caça, mais fortes que os vínculos familiares. Meu pai passava noites longas com seus parceiros. Kalo e Gwarn eram os melhores amigos dele. Juntos, riam, treinavam, subiam no mastro e corriam nas dunas. Ele e minha mãe não brigavam muito. As únicas discussões eram porque ele passava tempo demais com os amigos, pouco com a gente. Óbvio que meus pais acabavam fazendo as pazes. Meu pai se esforçava, me fazia ler ou subir no mastro. Ficava com a gente na barraca enquanto tecíamos ou costurávamos. Depois ia-se embora com os caçadores. Juntos, auscultavam os objetos estranhos que permeiam o deserto, descobertos quando as dunas correm, empurradas pelo vento.

Agora, Solas é igual.

Eu fico feliz por ele, claro, mas sinto uma pontada de inveja. Pontada não, bastante inveja. Eu também queria caçar árvores, dar vida ao povo. Em vez disso, levo sopa a uma velha chata e desdentada e teço com as fibras sintéticas que os homens trazem da cidade.

Ridículo.

Solas deve notar meu rosto fechado porque segura minha mão.

— Vem ver o pedaço!

Ele me arrasta até onde os homens empilham a madeira. Primeiro os pedaços mais pesados, que eu nem consigo levantar, seguidos dos médios. Às vezes, no trenó, tem uns pedacinhos marrons pontudos que quebram ao toque e se desmancham. Nunca sobra muito. A Anciã diz que são folhas.

Eu me aproximo da pilha.

Solas está certo, é monumental.

Devia ser uma árvore impressionante. Os caçadores às vezes as desenham na areia, mas tenho dificuldade de imaginar como são de verdade, plantadas na terra.

O cheiro também é esquisito; por dentro, a madeira é bege clarinho, fibrosa e densa. A árvore era vigorosa.

Vejo minha mãe, um pouco afastada. Ela tenta se juntar à alegria. Ela se obriga a sorrir, dá um tapinha no ombro de um caçador, cumprimenta outro.

Não tem o que fazer. Eu a conheço. Sempre que os caçadores voltam, seu rosto murcha. Meu pai morreu faz mais de um ano e continua a fazer falta. Ela já melhorou: está mais animada, não acorda mais chorando de madrugada.

Ela come, se junta às mulheres, participa das reuniões noturnas. Mesmo assim, noto a diferença. É como se tivessem roubado alguma coisa do olhar dela. Essa coisa foi embora com meu pai, seguiu-o até onde ele está hoje.

Saber que Kalo, chefe dos caçadores, matou a fera que o atacou não muda nada.

Meu pai não está mais aqui.

Quando Kalo deu a pele da fera assassina de presente para minha mãe, ela o olhou nos olhos e deu meia-volta. Kalo é o homem mais respeitado de nosso assentamento. Ninguém o tratara assim antes. Ele não disse nada.

O próprio Kalo, de porte atlético e cabeça erguida, chama Solas, que vai correndo encontrá-lo.

Tewida-perfeitinha chega atrás de mim; ela não está nada contente.

— Você podia ter me esperado...

— Desculpa, eu não queria perder a chegada.

O pai dela não é caçador, ela não entende.

Não a escuto mais, distraída pelas comemorações redobradas: os homens empurram vários odres gigantescos... cheios d'água!

Incrível! Os comerciantes que levam as árvores até a cidade, fazendo viagens de vinte dias a pé, não precisarão trazer tanta mercadoria de volta como de costume. O alívio deles é visível. Além disso, essa água tem um gosto delicioso. Quando a gente a bebe, sente que bebeu o céu.

A CAÇADORA DE ÁRVORES

Peço licença, contorno as pessoas e os abraços, atravesso a multidão para me juntar a minha mãe. Seguro a mão dela, que fecha os dedos e aperta de leve. Juntas, assistimos aos encontros e às exclamações alegres. Por mais rápido que minha mãe as seque, vejo as lágrimas em seus olhos.

— E a Anciã? — pergunta ela, calma.

— Que pergunta... Ela estava lá, óbvio. Bebeu a sopa toda, com aquela boca nojenta esburacada!

— Samaa... A Anciã pode ser velha e feia. Seu pai a desprezava, como todos os caçadores. Mesmo assim, fico triste de ouvir você falar assim dela.

— Mas ela só fala besteira!

Minha mãe se curva para se aproximar de minha orelha.

— Como você sabe?

Ela olha por cima do ombro e murmura:

— Às vezes, eu tenho vontade de acreditar naquele mundo. Sabe por quê?

Faço que não com a cabeça.

— Porque, se já existiu, talvez possa renascer.

Eu a observo, atordoada, e abro a boca para responder, mas ela não deixa:

— E o Solas? Vi você conversando com ele.

A contragosto, eu coro.

— Só o encontrei rapidinho, mas ele parece feliz.

Minha mãe assente.

— Ele mudou nessas quatro luas.

— É.

Na praça, Solas empilha a madeira nos trenós dos comerciantes, que sairão no dia seguinte ao amanhecer. Ele está conversando com Tewida. Os dois têm a mesma altura. Talvez eu esteja errada, mas parece que ele faz esforço para mostrar o bíceps ao levantar a madeira. Ela sorri, resplandecente, toca a cabeleira de rainha. Eu desvio o olhar. Solas não vai mais brincar comigo, não vai me contar da caça. Ele contará para Tewida. Porque ela é perfeita, tímida, feminina, sedutora; porque ela não é mais criança.

Quando minha mãe se afasta, eu vou com ela, indiferente à euforia que continua a sacudir o assentamento.

De manhã, os comerciantes partiram, carregando o peso da *leña*.

Já os caçadores descobriram uma fenda perto daquela onde cortaram a última árvore. Estavam carregados demais para ir vê-la, mas retornarão logo ao local. Não somos os únicos. Outros povos percorrem o deserto em busca da *leña* preciosa. Agora que têm uma fenda em mente, Kalo e sua trupe estão agitados.

Hesitei, mas a vontade era forte demais. Por isso, quando os caçadores se dispersaram pelo assentamento, corri atrás dele.

— Kalo!

Ele se virou. É muito bravo, mas me olhou com bondade. Ele é tão alto que precisei inclinar a cabeça para trás para encará-lo.

— Kalo... se... se vocês estão indo logo para uma área conhecida, será que...

— Não.

Ele inspirou e se abaixou, o rosto na altura do meu.

— Nada de meninas entre caçadores.

— Eu sou ágil. Você sabe que escalo o mastro muito bem.

É verdade. No meio do assentamento, fica nosso mastro, entalhado de um material que vem da cidade. Desde pequena, eu escalo. Meu pai me encorajou, contra a vontade de minha mãe e de Kalo. Resultado: sou melhor do que muitos garotos. Sou melhor do que Solas. Pelo menos, antes, eu era. Com aqueles braços cheios de músculos novos, não tenho mais certeza.

— Você é excelente no mastro, mas a caça é perigosa, cansativa. Você não tem resistência. Além disso, o que sua mãe faria sem você?

Eu o olhei com raiva.

— Eu seria uma boa caçadora.

— Os homens são mais robustos. E eu prometi a seu pai que cuidaria de você, então você não será caçadora. Fim de papo. Ele foi embora. Tewida me observava de longe. Ela sacudiu a cabeça, parecendo triste. A longa silhueta graciosa sumiu por trás de uma barraca. Engoli as lágrimas de humilhação que me sufocavam e corri para me refugiar no meu colchão.

Tenho vontade de socar alguma coisa, mas meu pai não está mais aqui para eu bater nas mãos enormes e abertas dele. Ele não pode mais me irritar, rindo e dizendo: "Você bateu? Jura? Não! Não pode ser, Samaa, eu nem senti! Tente de novo, para eu ter certeza?"

Eu poderia socar uma árvore, atacar com um machado que levo na cintura. Isso me daria alívio.

Além disso, meu olho é bom, eu seria ótima para encontrá-las.

As árvores se escondem em crateras profundas, impossíveis de detectar sob a terra infinita do deserto. É isso que torna o trabalho dos caçadores tão complexo: eles só as encontram ao se aproximar. Para ter acesso, é preciso descer por um despenhadeiro, usando cordas, derrubar a árvore, cortá-la e puxá-la com a ajuda de cabos. É uma empreitada fisicamente difícil e perigosa.

Às vezes, como um presentinho a mais, também existe água escondida na fenda. Os caçadores sempre viajam com odres, na esperança de encontrar água. Eu poderia me encarregar de pegar a água. Não precisaria de força. Ganharia tempo, seria útil.

Por que Kalo não deixa?

A Anciã, aquela velha amarrotada, diz que, ao cortar as árvores, nós afastamos a água. Para ela, os pés das árvores guardam a água. Ai, ai, que besteira! Se fossem mãos, eu até entenderia, mas como é que *pés* conseguem *guardar água*?

Já Kalo afirma que o deserto é vivo; ele corre e nós corremos junto. Por enquanto, estamos em vantagem. É por isso que os caçadores treinam tanto. Eles precisam ser ágeis e resistentes.

Em breve, mudaremos de assentamento de novo, para nos aproximar das árvores. Os caçadores devem diminuir as viagens exaustivas. Em contrapartida, os comerciantes reclamam. O trajeto deles para a cidade só aumenta.

Todo mundo precisa se esforçar.

Eu já fui à cidade uma vez, quando tinha sete anos. Meu pai decidiu me levar numa caravana. Minha mãe ficou furiosa. A gente podia ser atacado por animais selvagens no caminho, podia ser preso por lá, podia encontrar outros caçadores, podia... Meu pai ganhou a discussão. Solas também foi, com Gwarn. Durante o trajeto todo, levados por trenós repletos de *leña*, falamos da cidade. Como a imaginávamos. Será que as pessoas de lá seriam como nós? Havia animais misteriosos? Finalmente os veríamos? Quem liderava a cidade? Eu tinha certeza de que era uma mulher poderosa, usando um vestido longo e largo, azul da cor da noite, que se arrastava a seus pés. Ela devia se expressar lentamente e saber escutar. Ela não costurava, mas brigava. Já Solas tinha instaurado um regime de guerra à base de lanças pontudas e homens de rosto mascarado, que defendiam o povo e decidiam juntos o destino da cidade e de seus habitantes.

Nós dois erramos. Não vimos animal algum, nem líderes, mesmo os mais insignificantes, visto que todos vivem nos andares mais altos das torres. Só tivemos o direito de percorrer as ruas subterrâneas, acessíveis a qualquer mortal, que cheiram a coisa guardada, a xixi, a mofo e a tristeza. Se minha mulher de vestido azul da cor da noite existe, é uma mulher da vida a serviço dos homens; entendi isso mais tarde.

A cidade é cinzenta, plantada como uma verruga na areia. Uma verruga enorme. Ela se estende para cima e a vemos de longe, pois seus imóveis altos refletem a luz do Sol e brilham por quilômetros. Ao mesmo tempo, é construída nas profundezas, sob o solo. Centenas de túneis onde tudo é escuro, com exceção das lâmpadas, que são brancas demais; onde o som é abafado e ecoa pelas paredes. Nós dormíamos nessas entranhas asquerosas, sob as torres gigantescas. De acordo com a Anciã, essa parte foi cavada quando o mundo começou a enlouquecer.

As imagens às vezes voltam à minha memória, como as bolhas na sopa da minha mãe quando está no fogão: os túneis sombrios lembram bocas monstruosas, prestes a me devorar. Estou acostumada com o azul por todo lado, com o deserto que nunca acaba, com a imensidão, com o vento que às vezes é ruim. Na cidade, sou enterrada. Tenho medo de morrer. Seguro a mão de meu pai, apertando com força porque tudo me apavora. O barulho. As paredes lisas e frias. Os canos. As pessoas que andam, tropeçam, os rostos pálidos e cansados. Uma menininha chora sob a marquise. Uma poça de sangue. Pilhas de garrafas de oxigênio vazias se amontoam nessas passagens escuras. Grades no chão baforam uma brisa fétida.

Os prédios lá em cima, enquanto isso, são majestosos. Tentam perfurar o céu.

Atrás da cidade, eu me lembro dos campos de máquinas enfiadas na areia. Elas têm braços enormes e giram ao redor de si mesmas. Outras, com pescoços compridos, batem no chão, voltam, batem de novo.

Talvez sejam sonhos, não lembranças. Meu pai me contou tanta coisa que eu devo misturar fatos verdadeiros com o que interpretei. Em suma, a cidade cava o chão. Lá longe, tão longe que homem algum chegaria mesmo que andasse várias luas, ela encontra água. A água é aspirada, passa pelas fábricas. Ela se transforma em água densificada, um gel nojento que contém vitaminas e nos ajuda a manter a saúde. Graças a um procedimento complexo que meu pai não sabia explicar, a água também é transformada em oxigênio e engarrafada em seguida.

O oxigênio é um problemão por aqui. Se a mãe não respirar o suficiente, ela perde o bebê que cresce em sua barriga. Ou isso, ou os bebês morrem dias depois de nascer, de asfixia.

Eu deveria ter irmãos, mas o ar do deserto é brutal. Nenhum deles sobreviveu.

Na meia-luz da nossa barraca, eu teço minha próxima coberta. Escolhi mais cores quentes: vermelho, amarelo, bordô, mas também um belo turquesa. A calmaria reina no assentamento. Cada som é multiplicado e espalhado em ecos ocos. Ouço minha respiração no silêncio. O Sol está alto no céu azul; o calor, esmagador. As crianças cochilam.

Suspiro, olhando para a coberta. Embolei os fios, vou precisar desfazer o que já teci. Resmungo:

— Concentração, Samaa, se concentre!

Minha mãe sorri.

— Foi a volta do Solas que deixou você assim?

— De jeito nenhum!

— Então foi o Solas... — retruca minha mãe, implicante. Ela me encara e volta a ficar séria.

— Samaa, Solas está... Como dizer...

— ... apaixonado pela Tewida, obrigada, eu sei.

Nunca tinha descrito assim, mas as provas saltam aos olhos. Por que não reparei antes?

Porque, antes, Solas acordava, engolia o café da manhã e vinha me buscar. Ele me ajudava a distribuir água, a montar carretéis de linha, a pesar e dividir as porções de comida e os materiais para as famílias. Em seguida, nós corríamos até o mastro e eu *sempre* chegava lá em cima primeiro. À noite, depois de comer, nos encontrávamos no limite do assentamento, nos esticávamos sobre as cobertas, embrulhados na areia fresca, e observávamos as estrelas. Os caçadores devem conhecê-las para se localizar, especialmente a Olho-da-noite, que nunca se move no céu.

Hoje, ele não veio. Eu o vi caminhar ao lado de Tewida. Ele passou a mão pelo cabelo, como faz quando está constrangido. Eu quis bater nele.

Para ele, sou só uma lembrança de infância. Ele passou para a próxima. Ele é caçador.

— Samaa! Você emaranhou os fios de novo.

— Desculpa... — resmungo.

— Se estiver aborrecida, pode sair um pouco.

— Não, não, tudo bem, quero acabar.

Fujo do olhar atento de minha mãe e acalmo o tremor nos dedos. Não quero passar a vida fiando tecido e distribuindo comida. Quero caçar árvores. Provarei que sou capaz.

Os caçadores passaram os últimos três dias ocupados. A expedição promete ser interminável, mas lucrativa. A árvore foi vista, é gigantesca. Se os caçadores conseguirem, os comerciantes venderão uma quantidade enorme de *leña*. Teremos comida, material e estoque para durar várias luas. Ficaremos todos juntos, as mulheres com seus maridos, as crianças com seus pais. Na última caça, como fazem toda vez, os caçadores marcaram o trajeto. Entalharam rochas, montaram pilhas de pedra. A rota está traçada no deserto. Esses sinais multiplicam a possibilidade de explorar caminhos novos. Nesse caso, vão facilitar a tarefa de encontrar a árvore. Eu não terei trenós de mantimentos, nem cabaças coletivas. Mesmo assim, não sou tonta. Desde que os caçadores voltaram, economizo o que preciso na hora de dividir. Enfio seis barras no bolso um dia, cinco sachês de proteína liofilizada no outro. Escondo tudo debaixo do colchão de palha, em um saco hermético. Também roubei duas cabaças de água em gel.

Digo à minha mãe que vou brincar com Solas. É mentira. Eu me preparo, observo, roubo, me organizo. Ele anda por aí com a Tewida ou com os outros caçadores. Quando passa por mim, bagunça meu cabelo como se fosse dez anos mais velho. Eu odeio aquele sorriso de irmão protetor.

Ele me magoa.

Com o que já teci da coberta, faço uma mochila. Duas tiras passarão pelas minhas costas, para liberar meus movimentos. Levarei também minha coberta velha, para me proteger do frio. No começo, precisarei ficar bem distante do comboio, para não ser notada. Os caçadores talvez dessem meia-volta ao me ver. Não vou deixar, de jeito nenhum, que me tragam de volta sob o olhar zombador do povo todo.

Eu só me mostrarei quando estivermos distantes o suficiente para refazer o caminho e me meterei nos mantimentos deles se o que levar não for suficiente. Como pouco. Não vai matar ninguém.

Eles vão ver. Sou capaz. Mesmo que eu seja menina, de cabelo curto.

Só me falta encontrar um bastão. Vou sacudi-lo no ar se encontrar animais selvagens antes de me juntar aos

caçadores. Quando eles estão de barriga cheia, o barulho os afugenta.
Quando estão de barriga cheia. Quero ser caçadora. A primeira do meu povo. Mudarei o destino de todas as mulheres.

Finalmente, se anuncia o dia da partida. O assentamento todo sai para assistir ao evento. A praça zumbe de conversas e últimas despedidas. Propus à minha mãe preparar a sopa da Anciã e levar até ela. No meio da confusão, ninguém pensará nisso, argumentei.
"Boa ideia", respondeu minha mãe, sorrindo.
Eu a traio, a abandono. Quero forjar meu destino, mas, quando a vejo, vacilo. Ela vai temer, chorar, me esperar, impaciente. Com tudo o que já aguentou, é como se eu a apunhalasse.
No entanto, não vejo outra solução.
Pego a sopa quente e abraço minha mãe. Tento parecer natural. Um nó enorme fecha minha garganta, me impedindo de respirar.
— Tem certeza que não quer vê-los partir? — insiste ela, me entregando o bastão para ir à Murfa.
Eu pego o bastão – pronto, finalmente o tenho – e me contenho para não suspirar.

— Não... Prefiro não...

O que quer que ela pense, acredita em mim. Dá para ver no olhar.

Eu me viro.

Nossa barraca, uma entre cinquenta, pequenas ou imensas, de lona escura e espessa, se situa no fim do acampamento. Minha mãe me observa.

Avanço por entre as rochas de formas bizarras, os seixos empilhados pelas crianças, as guirlandas de garrafas vazias amarradas de uma pedra à outra quando brincamos, que se chacoalham com o vento. Eu me viro, ergo a mão para me despedir. Em seguida, ela não consegue mais me ver, pois uma duna esconde o caminho.

Eu ofego, mas não é pelo esforço. Meu coração bate forte, minhas pernas vacilam.

Atrás de mim, ouço gritos de cumprimentos, risadas dos caçadores, um fio fino que ainda me prende ao assentamento. Solas deve estar lá, se exibindo para Tewida.

Ele que faça o que quiser.

Eu avanço.

Sozinha.

Chego enfim à pedra que procuro, aquela que lembra uma panela amassada. A barraca da Anciã é perto dali. Deixo a sopa na areia ainda fria da sombra da manhã, me ajoelho e tiro a pilha de pedrinhas que deixei algumas noites antes para esconder minha mochila.

Cavo.
Quando vim enterrá-la, precisei de coragem para vir até aqui. Desisti várias vezes. Finalmente, no entanto, escapuli para cá.

A Lua cheia me ajudou, pois afastou os obstáculos da noite. Fazia frio e eu batia os dentes. O mundo estava apagado. O céu, ao mesmo tempo mais próximo e mais distante, ficou salpicado de estrelas, como se fossem milhares de olhos que me observavam me julgando. Eu me esgueirei pela escuridão prateada, o coração na boca de tanto medo dos animais selvagens. Enquanto andava, curvada para não ser vista pelos vigias, ouvi um leve guincho à minha frente e quase morri de pavor. Eu me estiquei, prendendo a respiração para escutar melhor, mas não havia nada lá. Só minha imaginação.

Voltei encharcada de suor. Minha mãe dormia profundamente. A respiração regular me ninou e eu peguei no sono, tranquilizada por ter enfrentado a primeira dificuldade.

Agora, a areia escorre entre meus dedos e finalmente alcanço minha mochila, que desenterro e espano. Eu a ponho nas costas. É pesada. Preciso sobreviver várias luas. Os caçadores preveem um longo caminho.

A corneta soa seu som nasalado. Os caçadores começam a jornada.

Subo uma duna e me dirijo à Murfa. Não posso deixar a Anciã sem comida por um dia inteiro. Contornarei a sua barraca, escalarei a duna toda e me meterei no encalço dos caçadores.

Com passos leves, me aproximo e deixo a sopa em frente à entrada. Lá dentro, faz silêncio. Talvez eu devesse verificar se a Anciã está, mas, se estiver, me convidará a entrar e corro o risco de perder tempo precioso. Estou no alto e consigo ver o assentamento ao longe. Percebo que minha mãe não está me vigiando mais, já se juntou aos outros. Ela imagina que a Anciã passará horas falando comigo.

Com a respiração o mais leve possível, continuo a subir e chego ao topo da duna. Eu me agacho atrás de uma formação rochosa e espero o comboio, que surgirá mais abaixo.

Espero por vários minutos.

Pronto! Vejo as silhuetas dos caçadores, as quais avançam pela extensão ocre. Reconheço Solas, Kalo, Gwarn, os vejo passar, diminuir ao longe. Eles viram e somem atrás de um murinho. Seus passos deixam um rastro um pouco mais escuro na areia.

Minha trilha.

— Você é corajosa.

Eu dou um pulo, assustada pela voz rude da Anciã.

— Determinada.

Eu me viro lentamente. Ela me domina, seu olhar de gelo me fisga.

— Você tem força. Pode encontrar sucesso no meu fracasso.

Retomo minha posição, de frente para o deserto.
Do que ela está falando, afinal?

— Impeça-os de matarem as árvores, Samaa.

Já é demais. Eu me levanto e me afasto, dirigindo-me ao objetivo: o caminho percorrido pelos caçadores. Minha mochila pesa.

Meus mantimentos.

Minha viagem.

— O futuro só existirá com as árvores, menina! — gorjeia a Anciã às minhas costas.

Acelero.

Que ela e aquela boca velha e amarrotada sejam levadas pelas feras.

Meus calçados escorregam de suor; meus pés estão cobertos de bolhas. Nunca andei tanto. Sigo com a cabeça abaixada, na escuta. O calor queima minha nuca.

Os entalhes nas rochas e os montinhos de pedra dos caçadores me guiam. Por mais que me apresse, vou ficando para trás.

É verdade, eles são resistentes. Rápidos. Entendo melhor o que Kalo queria dizer. A distância entre nós aumenta.

A CAÇADORA DE ÁRVORES

No primeiro dia, as vozes deles chegavam a mim. Depois, só ruídos trazidos pela brisa. Agora, nem isso. Gritei para chamá-los. Eles não me ouviram.

A escuridão cobriu o mundo. Não tenho escolha, continuo em frente. A Lua míngua, mas ainda ilumina o caminho. À noite, o deserto é cinzento e gelado. Os caçadores devem dormir. Já eu, continuo. Preciso alcançá-los, engolir os passos que nos separam. Ando, ando, não penso em nada, meu humor esgotado, me esforço para manter os olhos abertos e ando. Quando minhas pernas cedem, cato pedrinhas e construo um amurado capenga encostado num rochedo. Em geral, durmo sem comer. Não solto o bastão, nem a mochila. Apago sem notar, derrubada pelos dias de esforço.

O Sol escala o céu. Ele sobe, me sufoca, me faz apertar os olhos, engole o espaço, me esmaga, me deixa inchada.

Tenho fome, tenho ainda mais sede, tanta sede, mas economizo. Minha língua está inchada, meus lábios ressecados chegam a sangrar.
Meu cabelo se embaraça durante o sono, cheio de areia; não perco tempo penteando. Aperto o lenço que envolve minha cabeça e protege metade do rosto. À noite, o amarro no pescoço, para me aquecer. Tudo o que trouxe é indispensável. Sem o lenço, eu caio, derrubada pelo sol.
Uma poeira entra no olho e eu o esfrego. Meus dedos ficam imediatamente pretos por causa do unguento que aplico por dentro das pálpebras no início de cada dia. É para aliviar o ardor do Sol. Meu ritual, último elo, hábito restante no caos dos dias que atravesso. Exausta.

Subo a encosta de uma colina sob o Sol árido. As pedras misturadas na areia estalam sob meus passos. Minhas coxas e panturrilhas doem. Nunca olho para trás. Para a frente, para a frente, aonde eu vou, custe o que custar, sem desistir. Eu os alcançarei.
Serei caçadora.
Uma pedra traidora me faz derrapar, torço o tornozelo, paro, quebro o ritmo, retomo, um pé após o outro,

mais outro, calcanhar, planta do pé, dedos. Eu me abaixo para massagear o tornozelo dolorido por um instante e volto a andar. Chego finalmente ao topo da colina. Desse lugar, a vista sobre a imensidão é incomparável. Procuro os rastros dos caçadores na areia, que diminuem e morrem no horizonte. Os caçadores são invisíveis. Inspiro fundo e desço pelo outro lado, rolando pelo cascalho que me obriga a correr.

Caço os caçadores.
Toco pedras para desvendar sua passagem, me perco nas estrelas para segui-los, eles falaram de norte, viajam para o norte.
Eu também. Apesar das bolhas, das queimaduras, das tensões.
Sigo meu sonho.

Não há mais rastro no chão.
Nada.

A areia se transformou em uma extensão de cascalho. É impossível deixar pegadas. Persigo os entalhes nas rochas, mas perco muito tempo indo e vindo em zigue-zague para encontrá-los.

O Sol está alto no céu. Eu me sento em uma pedra chata. Pego a cabaça, a ergo e deixo pingar uma gota gelatinosa na língua. O gel se liquidifica e eu bebo aquele gole. O gosto é horrível, mas me faz um bem incrível.

Ouço o silêncio. Não estou acostumada. No assentamento, há ruído para todo lado. As barracas impedem a visão, mas deixam passar todo o resto: brigas, gritos, gargalhadas, carinhos, respirações pesadas e roncos, discussões sussurradas. A intimidade transpira pelo tecido.

Quando meu pai ainda estava vivo, eu adorava os momentos de pegar no sono; meus pais cochichavam no colchão deles, trocavam segredos e ideias, e suas vozes eram música, como a flauta de Gwarn, traziam intimidade, o vínculo, como se fossem me ninar para sempre.

Minha mãe não cochicha mais à noite.

Os barulhos chegam das barracas vizinhas.

Aqui, o silêncio é desmedido.

Não é verdade. Escuto um silêncio falso. A brisa cantarola sem parar entre as rochas, polindo-as e cavando-as. Quando me movo, mesmo um pouco, o guincho das pedras faz o ar vibrar.

Sou o único ser vivo que faz o mundo guinchar.

A CAÇADORA DE ÁRVORES

A meu redor, só areia e pedra.
Nenhum ser humano ao alcance da voz ou da vista.
Sou o único ser vivo que faz o mundo guinchar, esse pensamento me deixa atordoada.
Mais uma gota.
Pego uma barra de proteína e mastigo. Retomo as forças.
Achei que conhecia o deserto, mas agora descubro sua complexidade. É ocre, vermelho, laranja, pálido ou profundo, iluminado pelo Sol e desbotado pela noite, é baixo, alto, chato, arenoso ou coberto de cascalho, suas dobras se acumulam e formam colinas enormes, ele se rasga, se desdobra, e longas rachaduras o sulcam antes de se fecharem como feridas.
Meu mundo se expande. Disso, tenho orgulho.
Aperto o lenço ao redor do cabelo e do pescoço, puxo-o para a frente.
Parto de novo agora que o dia chega ao fim.
Não darei meia-volta.
Serei caçadora.

Eu acordo, atordoada pelo frio cortante da noite. Afasto a coberta da cara. Limpo a areia acumulada sobre mim. O céu se espalha por toda parte.

A imagem de minha mãe me vem; tento afastá-la. De manhã, vem sempre bater na porta da minha cabeça. Durante o dia, pelo menos, fico aturdida pela caminhada e não penso em nada. Ela perdeu a filha, essa filha teimosa. Ela não tem com quem compartilhar tristezas ou preocupações. Estou sem ar, e estrelas explodem por todo lado. Pego uma garrafa de oxigênio do tamanho da minha mão, tiro o tubo do fundo da mochila, prendo no bocal, abro a garrafa e inspiro profundamente diversas vezes. A sensação opressiva dos pulmões diminui e as faíscas brancas se evaporam. Mais uma vez por prazer e, rápido, fecho a garrafa. Guardo com o resto, ajeito o lenço na cabeça e mastigo as proteínas matinais. Tento saborear o aroma, esgotar o sabor antes de engolir.

Tento me concentrar na consistência elástica da barra de proteína quando ouço um barulho à direita. Ínfimo. Insignificante. Fico paralisada, de boca fechada, o maxilar parado.

Não sei o que é, mas logo noto o movimento na minha visão periférica: como se uma pedrinha trotasse no chão. Mal me viro, tão devagar que é como se estivesse inerte. A pedrinha se agita, escorrega, para, volta. Viro a cabeça um pouco mais. A pedrinha se aproxima e para.

Paro de respirar.

É... um animal! Não é uma fera! Nada a ver, pela descrição que ouvi. Não é *krall*, também. Se fosse, seria muito mais comprido e andaria de forma sinuosa. Já esse daqui dá pulos. Além disso, *kralls* não têm pelo, mas uma pele escamosa e brilhante. Odeio esses bichos. Aquele corpo repugnante que se ondula na areia me dá vontade de vomitar.

Só vi uma vez. Um *krall* entrou no assentamento. Normalmente, eles ficam distantes. Uma mordida é morte garantida em minutos, em espasmos, espumando pela boca. Um menino da minha idade foi mordido e eu o vi enrijecer, convulsionar – foi horrível, fiquei chocada. Os homens tinham voltado da caça três dias antes. Eles correram e berraram, a mãe do menino chorou. Com bastões, os caçadores encurralaram o *krall* numa barraca. O *krall* é rápido, mas Kalo é mais. Ele esmagou o bicho com um bastão comprido. Não podíamos encostar, nem depois. As pinças continuam venenosas. Um caçador foi enterrá-lo à beira do assentamento. Depois disso, organizamos o velório.

Tive pesadelos por muito tempo. Meu pai não estava mais lá para nos proteger do *krall*.

Nada a ver com o animal que se aproxima de mim.

Um animal de verdade!

Ele é pequeno, da cor da areia, e tem um rabo comprido de ponta peluda. As orelhas cor-de-rosa balançam sem parar, o corpo cabeludo palpita. Nunca vi nada assim. Como consegue respirar sem garrafas de oxigênio? Segundo meu pai, os animais têm pulmões especiais. Talvez esse também tenha.

O animal fareja, remexendo o focinho sem parar. Ele vira a cabeça muito rápido, em movimento incessante, me observa, pula com patas bege, arranha o chão, enfia a cabeça, tira. Começa tudo de novo. Gostaria de encostar nele. Parece tão macio!

Eu não tinha notado, mas estou com cãibra na perna. O incômodo me obriga a esticá-la, e o animal sai correndo em um piscar de olhos.

De repente, sinto medo.

Minha solidão é ilusória. Se esse bicho agitado está aqui, vindo de lugar nenhum, outros devem estar por aí também, talvez bem perto. Alguns devem ser bem maiores.

Perigosos, também.

Enfio as rações na mochila, passo unguento preto nos olhos, arrumo minhas coisas e abandono meu acampamento improvisado para descer o leve declive à minha frente.

Faz vinte e três dias que caminho.
Não sei onde estou.
Não sei mais aonde vou.
É impossível saber quando, mas abandonei a trilha. As formações rochosas se tornaram mais escassas. Vejo marcas de vez em quando, mas não têm a forma que procuro (três

riscos ao lado de uma cruz), não levam a lugar nenhum. Talvez sejam rastros de trilhas antigas, possivelmente de outro povo. Como saberei?

O deserto me engoliu.

Devo aceitar os sinais: fracassei.
Anteontem, decidi dar meia-volta.
Descansei à sombra de um rochedo, recuperei as forças. Quando o Sol desapareceu, examinei o céu.
Tinha certeza de que seguia na direção correta, me guiando pelas estrelas, deixando o norte para trás, voltando para garantir que não sairia do caminho. Andei por duas noites.
Tudo que consegui foi me perder ainda mais.
À minha frente, uma planície vermelho-escuro é prova disso. Nunca pisei ali. A areia é grossa, queima a pele, gasta as solas dos calçados.
Abandonei as estrelas.
Passo o tempo todo procurando uma referência, algum indício que me leve ao caminho de volta. Eu me viro, mudo de direção, ando por três horas, bifurco. Ando em círculos.
No que minha mãe tem pensado? Será que se conformou? Será que sabe que segui os caçadores?

Claro que sim.
Deve ter ido conversar com a Anciã.
Tewida deve estar rindo em segredo. Se me visse assim, imunda, perdida, com a boca machucada, as roupas empoeiradas! Ela sacudiria a cabeça como faz sempre que não me comporto como devo, segura de si, com olhões redondos, gestos elegantes, cintura perfeita. Ela passa a mão nos cabelos sublimes, acalma minha mãe com tapinhas nos braços: "Eu disse para ela aquietar o facho", esboça um sorriso de pena e volta a sonhar com o casamento com Solas, o vestido, a barraca, as danças que deixarão o assentamento acordado a noite toda...
Pare.
Estou enlouquecendo.
Tewida não importa.
Só avançar importa.
Voltar.
É tudo o que me resta fazer.
Acreditar, também.
No quê?
Em tudo o que me impedirá de cair.

Desde há algum um tempo, venho caminhando ao longo de um rochedo enorme que bloqueia o horizonte à

direita. Acabo decidindo subi-lo. A vista será melhor lá de cima, talvez eu reconheça um rochedo ou uma duna.
  Minha mochila pesa nos ombros, parece até que está mais cheia. No entanto, eu a esvazio todo dia. Mesmo assim, ainda tenho como subsistir. Eu me preparei.
  Erro o apoio do bastão, que escorrega, e torço o tornozelo de novo, perco o equilíbrio, derrapo. Quando me levanto, uma mancha vermelha pinta meu joelho, misturada com grãos de areia. Eu os limpo com a mão e volto a subir, ofegante.
  Sou obrigada a parar para respirar oxigênio.
  Chego ao cume do monte toda suada, com as costas doendo. Meu lenço está coberto de poeira, então o tiro e o sacudo antes de secar a testa encharcada. Eu me apoio em um monte de pedras redondas e investigo os arredores com o olhar.
  Lá onde o céu e a terra deveriam se unir, o ar está vermelho e embaçado.
  Respiro mais rápido.
  Uma tempestade de areia está vindo bem na minha direção.
  É como uma montanha crescendo, uma criatura gigantesca galopando, no impulso. Um incêndio gigantesco, da cor do sangue.
  O vento que ameaça a areia é perigoso.
  Se eu não fizer nada, sufocarei.

Rápido! As enormes pedras redondas espalhadas ao meu redor são o único abrigo de que disponho. Eu me jogo sobre elas, largo minha mochila no chão, derrubando barras de proteína que recuperarei depois, me apoio nas pedras, tento empurrar alguma. Minhas palmas escorregam na superfície lisa. A pedra não é tão grande, tem o tamanho de duas cabeças, mas é tão pesada que nem se move. Eu me retorço para deslocá-la.

A tempestade furiosa corre.

Preciso construir um muro, mesmo que improvisado, contra o qual possa me refugiar. Grito para me encorajar e empurro com mais força.

A pedra balança e eu ganho coragem. Finalmente, avança até outra, carregando junto várias pedrinhas.

A tempestade já cobriu metade do caminho.

Eu me agacho, rolo essas pedras horríveis uma após a outra, formando uma linha grosseira. Em seguida, empilho as pedras menores e cubro os buracos. Construo meu murinho. Remexo a mochila, pego o pedaço de coberta que uso para dormir. Vou me embrulhar nela e guardar ar.

Ponho a mochila nas costas. Não posso correr o risco de perdê-la se for enterrada; queria recuperar as barras, mas não é a maior urgência, desde que não se percam na areia.

Meus dedos tremem – não, eu toda estou tremendo, o pânico me domina, assim como o barulho do vento implacável.

Pego uma garrafa de oxigênio na mochila. Não tenho escolha. Quebro o bastão ao meio. A tempestade se aproxima. Ouço seu rugido.

Eu me sento encostada nas pedras redondas, cubro a cabeça com a coberta para formar uma malfeita mas preciosa barraquinha que me permitirá respirar, até que um estrondo me assusta.

Meu coração dispara.

Dessa vez, não é um sonho.

Eu me estico e arranco a coberta de uma vez.

Um animal caminha lentamente, uns vinte metros à minha frente. Apesar do rugir da tempestade, escuto suas garras na areia.

Procuro outros, pois eles costumam andar em bando, mas está sozinho.

Sozinho e grande. Enorme.

Sem desviar o olhar da fera, estendo a mão para pegar o bastão, lembro que ele está pela metade, me levanto devagar.

O animal está faminto. Suas costelas, do comprimento do meu braço, se destacam na pele bege manchada de preto. Ele é corcunda: a coluna vertebral se dobra no alto das costas. As orelhas peludas estão apontadas na minha direção e a cabeça pende à frente, pois ele me olha de baixo. Os olhos são pretos. Inteiramente pretos. Nem um pingo de

branco. Uma língua pesada e vermelha pende da bocarra entreaberta e eu enxergo os dentes. Amarelos. Gigantes. Não tenho a menor chance.
Ele desacelera, para.
Está a três metros de mim.
O bastão encurtado escorrega na minha mão úmida, então aperto mais forte.

— Chispa! CHIS-PA!

O animal nem se mexe.

Uma nuvem de areia passa por sobre minha cabeça, sacode o ar, me empurra para a frente.

A areia dança, faz caracóis, sopra, espirala de forma desordenada. Corre, deixa o ar opaco e, logo, o azul do céu desaparece.

Eu me concentro.

A fera se recolhe.

Eu respiro fundo, ergo meu bastão.

O animal salta.

Espero por um instante. Seu movimento é prodigioso, ele se ergue, eu enrijeço, ele se estica, se estica mais, a bocarra escancarada se aproxima, o olhar não me deixa, então, rápido, eu me jogo para o lado e bato nele com toda a força usando meu bastãozinho, que atinge seu rosto. Um ganido rasga o ar.

    O dilúvio de areia se abate sobre nós e, de repente, o ar é preto.

O estrondo é apavorante. A areia fustiga minha cara, dói, não vejo nada, mergulhada na escuridão gritante, a fera rosna, um grunhido tão forte que ecoa apesar do tumulto, ela deve ter se levantado, me farejado, tento me situar em meio ao uivo do vento, mas é impossível, o medo me faz dar voltas, não há saída, me viro e começo a correr, o mais rápido que posso, bem à frente.

Escorrego na pedra, tropeço, me levanto, continuo. O grunhido me persegue. Rajadas de areia atingem meus olhos, esfolam minhas narinas e me sufocam, mas me mantenho em pé.

Não vou morrer como meu pai.

De repente o chão se inclina e vou sendo levada por passos largos, desabando rochedo abaixo no escuro, a areia me estapeia, a mochila bate nas minhas costas.

Afasto os braços para manter o equilíbrio.

Não sei mais onde estou, mas dane-se, continuo, para fugir da fera cujo hálito bafeja pertinho. Ela também corre, ofegante, em meio aos uivos do vento ensandecido. Eu esbarro em uma rocha, cruzo uma escarpa escorregando no calcanhar, esfolo as palmas das mãos, me levanto em um salto e corro com vontade.

No meio do tumulto, da opacidade furiosa que me cerca, contraio o corpo, acelero, estico os passos, vai, Samaa, vai, a tempestade é sua amiga!

Bruscamente, em vez de meu calcanhar mergulhar na areia endurecida pela corrida, o chão desaparece. Carregada pelo ímpeto, balanço no vazio.

Solto um soluço de surpresa, fecho os olhos, espero o choque, mas não vem, como se o mundo, de repente, não tivesse mais baixo ou alto, como se tivesse desacelerado, suspenso, para que eu tenha o tempo de pensar que nunca mais verei minha mãe, nunca mais verei Solas, nunca mais separarei os fios porque vou morrer, deveria me encolher para aliviar o choque, proteger a cabeça pois *o choque vem*.

É estonteante.

A pedra na qual quico machuca meu ombro, rasga minha pele, me joga em outra rocha dura e impiedosa, na qual bato de costas.

Tonta, tento impedir a queda apavorante, me segurar, me agarrar, mas minhas unhas quebram na pedra, minha barriga está arranhada, arrebentada, eu me enrosco em mim mesma e saio rolando, seguro a cabeça com as duas mãos e a queda pelo ar parece não ter fim.

Depois de uma pirueta em que meu tornozelo parece se partir em dois, eu paro, tremendo.

Estou no chão.

Viva.

A fera não tardará a chegar. Enfiará as presas pontudas no meu braço ou na minha perna e será o fim.

Espero, sem ar.
Ela não vem.
No entanto, está por aqui, ganindo com frustração.
Consigo escutar!
Tenho vontade de tossir, pois a areia entrou na minha boca, na minha garganta, nas minhas narinas, e uma dor atroz atinge meu corpo inteiro.
Não me movo.
Há alguma coisa diferente aqui. Menos areia, como se a tempestade não conseguisse raspar o fundo de onde me encontro.
O que será que aquele animal está fazendo?
Ele não tem coragem de pular pelo vão abissal no qual caí.
Devo ter caído de tão alto que a queda é perigosa, e ele pressente que corre o risco de se ferir.
No entanto, ele está faminto. Poderia tentar.
Eu me finjo de morta.
Os gritos dele ficam mais baixos. Voltam a se intensificar. Aquietam de novo.
Continuo parada.
Jogada no chão estranhamente frio, mordo o lábio para conter a dor: meu tornozelo lateja, meu ombro irradia dor pelas escápulas. Cada batimento do coração é como uma punhalada. Parece que apanhei com uma vara em brasa.

O vento continua a carregar o deserto, mas também parece mais distante.
Finalmente, os uivos se vão.
Volta o silêncio.
Não abro os olhos nem por um segundo.

Um sussurro estranho se ergue por perto, como um murmúrio em uma língua desconhecida.
Quem está aqui?
Quero limpar a boca, tirar a areia do nariz, mas o murmúrio persiste e não tenho coragem de me mexer.
Depois de um bom tempo, decido levantar a cabeça. Todo milímetro do meu corpo dói, mas me desdobro e dou uma olhada ao meu redor.
O céu voltou a ficar azul.
Giro a cabeça devagar, fazendo ruído na areia, e estico o pescoço.
Estou... no fundo de um buraco gigantesco. As laterais de pedra bege são curvadas como a parte de dentro de uma panela. Observo as bordas, lá no alto, muitos metros acima de mim, com a visão impedida pela luz.
Nem sinal da fera.
Rolo de novo para o lado e de repente meu ombro estala. Faço uma careta, a dor é insuportável. No entanto, diminui rapidamente. Sem querer, botei no lugar meu ombro deslocado.

Suspiro.
Eu me apoio no cotovelo para examinar meu tornozelo, mas outra coisa me chama a atenção.
Uma coisa monumental.
Apavorada, volto a me encolher.
É tão grande! Será que vai me atacar?
Se esse mostro quisesse me atacar, já o teria feito. A menos que não tenha me visto. Eu me concentro, aguço meus sentidos para analisá-lo. Incrível: é ele que murmura!
Mais nada se mexe nos arredores, então me arrisco a observar o monstro de novo. Sua cabeça é coberta de milhares de bandeirolas agitadas. Ou serão animais?
Por que o monstro não se aproxima?
Uma rajada de vento vem de cima, correndo atrás da tempestade; traz com ela um punhado de areia vermelha. Com uma lufada, bagunça meu cabelo encharcado de suor e os animaizinhos agarrados à cabeça do monstro. Um deles se solta. Dá voltas pelo ar como se pedisse por socorro, mas a queda é inevitável e ele cai aos meus pés, à esquerda do tornozelo machucado.
Ele fica imóvel. Deve estar morto.
Estico a mão. Hesito. Pego para observar.
Caio na gargalhada.
Que idiota!
É, apesar da dor, da situação, rio, sim. Baixinho, pois a fera poderia ouvir.

Viro o tal animalzinho entre meu indicador e meu polegar. Sua forma me lembrava mesmo alguma coisa! Ah, não é um animal!
É uma folha!
E o monstro! Hahaha!
É uma ÁRVORE!
Uma árvore, uma árvore de verdade, encontrada sem a ajuda de ninguém! Devo ter batido a cabeça para ser lenta assim! Estou no fundo de uma fenda! Minha árvore não está deitada, mas, pela primeira vez na minha vida, à minha frente, *de pé*!

A perna grossa enfiada na terra é sólida, as centenas de braços procuram alcançar o céu.

Como o povo teria orgulho de mim!

Solas! Ficaria louco de inveja!

Observo melhor a árvore.

Seu único pé é desproporcional, encimado por uma coroa vasta. Deve ser bem pesada, essa coroa. No entanto, canta e dança como uma cabeleira viva. Ela tem várias folhinhas verdes, como mãos estendidas, cheias de dedos que vibram ao bel-prazer do vento.

Quase da mesma cor do inchaço azul-esverdeado que cresce a olho nu no meu tornozelo. Quando encosto, dói como se enfiassem uma lâmina na pele. No entanto, consigo mexer os dedos. Não é tão grave.

A fenda é espaçosa, oval, e a superfície deve se equiparar à do assentamento. Os muros são lisos e devem medir, pelo menos, uns dez ou onze metros de altura.

Quero me levantar, mas a dor no tornozelo se torna insuportável quando tento me apoiar.

O pé não vai me sustentar. Volto a me sentar.

Não posso ficar aqui, sentada no chão, a vida toda! Além disso, estou bem no Sol e meu lenço foi arremessado a vários metros de mim.

Há uma área grande de sombra ao pé da árvore.

Minhas sandálias estão despedaçadas; eu as tiro.

Aperto os dentes, puxo a túnica e rastejo até a árvore. Grãozinhos minúsculos se enfiam nas minhas feridas, grudam na pele, mas, pouco a pouco, me arrasto pela areia quente.

Finalmente, meu rosto chega à sombra da coroa e para de queimar. Continuo a rastejar até a sombra me cobrir. Fecho os olhos. Se tivesse lágrimas, choraria de felicidade, apesar da dor.

Tenho sede demais para chorar.

Mais um pouco de força.

Pronto.

Eu me apoio nas mãos, que estão em carne viva, e me ergo quando chego à árvore. Fico de joelhos, me aproximo, cambaleio e, com cuidado, toco o tronco.

A pele é espessa, rugosa. Não, as árvores não têm pele. A Anciã usou outra palavra, mas não me lembro do termo correto.

Pronto, cá estou eu pensando na Anciã! Se fosse caçadora, eu derrubaria essa árvore e a levaria para a Anciã; provaria que ela está errada. Árvores só servem para uma coisa: serem vendidas para vivermos. O tronco é tão grosso que, quando o abraço, não o cubro inteiro, nem mesmo metade.

Está morno.

Eu o solto, tiro a mochila das costas e me encosto na árvore.

É sólida. Forte. Como um rochedo. Acima de mim, as folhas se contorcem, sussurram, filtram a luz. Levanto o rosto. O Sol brinca com as folhas balançantes. Às vezes, sua luz as atravessa rapidamente, como um piscar de olhos.

Os primeiros galhos são bem altos. Espero conseguir subir.

Abaixo os olhos e constato que há galhos enterrados também. Emergem de vez em quando, duros, retorcidos, e mergulham nas profundezas da terra. Sigo um deles e o vejo reaparecer cinco ou seis metros depois, antes de mergulhar de novo e sumir. Esses galhos são ainda mais compridos do que aqueles na coroa.

A árvore é um tronco com galhos dos dois lados. Nunca tinha entendido isso. De repente, penso de novo na Anciã. Raízes. São elas que guardam água!

Gargalho e o som nasalado da minha voz ecoa pelos muros circulares da fenda. Empurro a areia com a ponta do pé.

A terra está totalmente seca.
Não há água aqui.
Pego uma garrafa de gel e deixo uma gota pingar na minha boca, duas gotas, três gotas, estou morta de sede, quatro gotas. Mastigo. A matéria gelatinosa se mistura à saliva e estoura, líquida. Limpa a areia e eu a engulo, pois não quero desperdiçar nem um pingo d'água.
Apoio a cabeça no tronco.
Fecho os olhos.

O Sol já se pôs faz tempo. Eu caí de lado. Estou deitada ao pé da árvore, com o rosto enfiado na areia. O frio e a dor no tornozelo me arrancaram do sono.
Meu corpo inteiro dói, mas me sinto melhor. Acho que nunca dormi tão profundamente. Eu volto a me sentar, encostada na árvore.
Uma Lua pálida ilumina o céu, quase redonda, diagonalmente ao lugar em que me encontro. No silêncio da noite, a árvore parece ainda maior. Sua coroa escura esconde as estrelas.
Além do ruído das folhas balançando em leves ondas, não há sinal de vida. Estou segura. Felizmente, pois não tenho mais bastão.
Também não tenho mais coberta, pois ficou na colina onde encontrei aquele animal feroz. Fico arrepiada

de frio. Não posso nem me esfregar para me esquentar: minha pele está arrebentada, coberta de feridas e sangue coagulado.

Meu tornozelo está enorme. Parece que estou grávida e prestes a parir pelo pé. Essa ideia idiota me faz rir. Não vou rir muito, presa aqui. Então, é bom dar um jeito de rir sozinha.

Examino o tornozelo de novo.

Acho que não está quebrado. Abbia, a vizinha de Solas, cujo filho foi morto por um *krall*, já quebrou o tornozelo. Ela estava carregando um odre de água enorme na cabeça, pisou em um bastão esquecido e perdeu o equilíbrio. Como estava apoiando o peso todo em um pé só, torceu para o lado e o osso quebrou por dentro. Ficou muito feio (e esquisito). Ela é adulta, mas mesmo assim chorou e gritou "que o deserto carregue o imbecil covarde que deixou isso por aí, que carregue seus pais também!". Gwarn cuidou dela. Ele serrou bastões da cidade e, com fio trançado, fabricou uma tala e imobilizou a articulação. Abbia passou algumas luas mancando, e o tornozelo acabou melhorando.

Preciso fazer o mesmo e torcer para não demorar tanto tempo para me curar. Com um tornozelo nesse estado, é impossível escalar o muro.

Observo mais uma vez a coroa da árvore. Um galho me cairia bem.

Alto demais.

Pego um sachê amassado de proteína, abro e engulo.

Perdi muitos. Ficaram no rochedo e agora devem estar enterrados na areia. Enfileiro os sachês e as barras à minha frente e os conto sob a luz acinzentada da Lua de opala. Tenho cinquenta e sete. Se engolir um por dia, posso aguentar cinquenta e sete dias. Será que até lá meu tornozelo vai estar bom? Será que vou conseguir sair daqui?

Precisei de vinte e oito dias para chegar neste lugar. Quantos levarei para voltar? Respiro, ofegante.

Por enquanto, preciso descansar.

Eu me enrosco na árvore, me aconchego em posição fetal da melhor forma possível, me cubro mais ou menos com a mochila e me esforço para dormir.

Minha consciência dormente volta à tona e eu acordo de repente. Barulho? Que barulho é esse? Onde es...

Folhas.

Estou apoiada na árvore, na... casca! Foi essa a palavra que a Anciã usou! A pele da árvore se chama casca. Algumas curam, outras envenenam. Como vou saber de que tipo é essa árvore?

Quero me mexer, mas meu corpo resiste.

Viro para me deitar de costas. A coroa da árvore, bem acima de mim, tem o efeito de uma barraca suspensa no ar. No meu campo de visão, ao lado, noto uma pontinha de céu azul manchado de amarelo.

É a aurora. O amanhecer. O fim do frio, essa presença incômoda que rasteja pela areia, companhia espectral sobre a qual os homens não têm controle. O fim dos sonhos e pesadelos, a esperança e o recomeço. O momento frágil só dura alguns minutos. É por isso que é tão mágico. Em seguida, o céu se ilumina rápido, escancarando o dia.

Fico feliz de estar acordada.

No assentamento, as mulheres logo começarão a preparar o café da manhã, a abrir as barracas, a se cumprimentar, a delegar as tarefas do dia: quem fiará a fibra, quem tecerá, quem preparará o jantar coletivo e a sopa da Anciã. Elas pedirão notícias dos bebês quando for o caso. Algumas pentearão os cabelos em frente às barracas, prenderão em coques ou tranças. Contarão fofocas. Minha mãe estará entre elas. Talvez.

Desde que parti, manhã rima com saudade. Às vezes, procuro alguma lembrança de minha mãe, tenho dificuldade em me lembrar de seu rosto, seu sorriso, sua voz, a ruga entre suas sobrancelhas. Outras vezes, mando mil recados mentalmente, me agarro a ela e digo que a amo, que precisava partir, que espero que ela me entenda e me perdoe. Digo tudo quanto é coisa e choro.

Já no assentamento, eu adoro as manhãs.

Vizinhas cochicham segredos. Elas comparam tecidos, se constrangem, se irritam, fazem gestos com as mãos, cospem no chão, se xingam de "cara de fuinha" e "saco furado", gritam, chamam todo mundo que passa. Até que, de repente, a briga se esvazia e elas riem, escondendo a boca com as mãos. As fofocas me cansam, mas às vezes são engraçadas. Elas contam quem se acariciou à noite, que o marido da fulana está em forma, ou que beltrano adoeceu e acordou o assentamento todo de tanto pum; elas gargalham. No fundo, eu entendo essas conversas porque pertenço ao mundo delas, conheço-o e me reconheço nele.

Claro, não fico *com elas*. Eu me escondo no fundo da nossa barraca, agachada na sombra, protegida dos olhares. Minha mãe sabe que estou lá, mas não diz nada. Ela me deixa roubar o lugar que meu corpo juvenil proíbe. É impossível participar desses papos com os cabelos curtos de menina. Não faz mal, não preciso participar. Escutar já basta.

O Sol se ergueu, noto sua presença, o rei do céu pronto para reinar, bombardear o deserto com seu calor opressor. Por enquanto, ele está acabando de lavar as sombras geladas que a noite deixou. O acesso à fenda deve estar bloqueado por uma duna.

Sinto sede e frio. Sei que o Sol vai me queimar, mas quero que ele tome o céu de uma vez para esquentar meu corpo gelado.

Pego a última garrafa de água em gel na mochila largada no chão. Tenho medo de ter subestimado minhas necessidades.

Vou morrer se não guardar o suficiente.

Vou morrer se não beber o suficiente.

Aspiro três gotas. Devia já estar acostumada ao gosto, mas, no momento em que o líquido gelatinoso toca minha língua, penso "eca". A sensação passa rapidamente. No entanto, acontece toda vez.

Quando bebo água do odre, ao contrário, sorrio. Ela desce pelo corpo como um sopro de vento fresco.

A pele do meu tornozelo está esticada. Horrorosa.

Apoio a cabeça no chão. Não tenho coragem de fazer nada.

De repente, o muro se ilumina na parte de cima, lá onde estava a fera, de onde caí.

Uma borda fina deslumbrante.

Fico observando a progressão da linha da luz.

Inspiro, avança.

Expiro, avança.

O Sol continua a se mover. O muro passa de ocre a marrom-dourado; também está acordando.

Rolo para o lado e saio da sombra da árvore. Imediatamente, o calor me envolve. Fico esticada no chão, cobrindo os olhos fechados com o antebraço. O Sol me livra do frio da noite.

Quando o calor fica forte demais, me arrasto até a árvore.
Objetivo do dia: imobilizar o tornozelo.
Ramos cobrem a terra, como se a árvore perdesse lascas de unha, mas são finos demais para usar como tala. Se conseguisse juntar quatro ou cinco galhos firmes... precisaria me levantar. Não imediatamente. A temperatura sobe e estou protegida pela árvore.
Meu corpo relaxa.
Eu me encosto no tronco forte.
A dor é menos lancinante.

Estou com dor de barriga.
Deixo a mochila no chão. Não há ninguém aqui. Eu saberia. Eu me arrasto para um pouco mais longe, cavo a areia, me agacho.
De repente, noto um movimento no chão.
Há um buraco no muro.
Eu me visto depressa, me afasto e espero, prendendo a respiração.
Nada.
Tomando mil cuidados, curvo-me para ver melhor. Vários círculos refletem a luz dentro do buraco: uma multidão de olhinhos redondos. Mais animais?

Se fosse um *krall*, já teria me atacado. Além disso, *kralls* não têm tantos olhos! No entanto, deve ter outros bichos mal-intencionados por aí.

Hesito, mas preciso confirmar. Estou fraca, me desloco como um bebê que aprende a andar. Não posso compartilhar a fenda com um animal perigoso.

Pego uma pedrinha e jogo no buraco.

Os olhinhos somem.

O animal é medroso.

Perfeito.

Volto para acabar o que comecei, cubro a areia e volto me arrastando de costas até a árvore.

Um detalhe me chama a atenção: a casca da árvore parece se mexer. Examino a pele grossa. Na verdade, colunas de bichinhos pequenininhos vão e vêm no tronco. Incrível! São milhares e eu nem tinha notado! Eles têm seis patas, seguem um caminho invisível e parecem muito ocupados. Vários carregam pedacinhos de folha sobre a cabecinha minúscula.

Já aconteceu de bichinhos assim caírem do céu no assentamento. Não são exatamente iguais. Os do assentamento voam e têm asas translúcidas compridas nas costas. Quando pousam, as mulheres os esmagam porque

representam mau agouro. Elas batem na areia com a sandália até os bichinhos serem desintegrados. Em seguida, as mulheres se erguem e traçam círculos na testa para afastar o azar. Se eu passar pela porta, elas me agarram e desenham o círculo invisível em mim também. Todo mundo que viu o bicho precisa fazer o mesmo.
    Meu pai sempre disse que era besteira. Vários bichinhos desse tipo caíram no assentamento na época da última caça dele. Um chegou a cair na panela.
    Meu pai nunca voltou.
    Pouco depois da morte dele, um bichinho foi parar pertinho da barraca da família da Tewida. Quando o vi, fiz o círculo na testa sem falar com ninguém.
    Foi antes da Murfa, então a Anciã me viu. Ela me imitou, fazendo uma careta, e caiu na gargalhada. Vizinhos se viraram para nos olhar. A Anciã se aproximou de mim e falou: "Sua boba! Antes havia bichos assim por todo canto, no chão, no céu, sob a terra! Os *inxetos* trazem vida, não morte! Eles fazem brotar as frutas, a comida, as árvores. Nós os envenenamos, eles sumiram e, agora, olha só! A humanidade, ou o que resta dela! Morrendo sem respirar, temendo um *inxetinho* de nada!".
    Ela acabou, certamente esperando que eu contestasse. Eu não lhe dei tal prazer – fui-me embora sem dizer uma palavra, apertando os punhos.

Não foi ela quem perdeu o pai. Aquela velha podre só perdeu os dentes. Tenho o direito de achar que *inxetos* dão azar, se quiser.

Observo os bichos. *Inxetos*, suponho, ou pelo menos uma palavra parecida, segundo a Anciã, que é toda sabidinha. Acho difícil acreditar que havia bichinhos assim pelo mundo todo antes, que dirá que eles fazem brotar árvores! Eu os estou vendo bem aqui: esses *inxetos* carregam pedacinhos de folha, e só!

Pego um galho fino do chão. Com a ponta, cutuco um dos bichinhos. Ele acelera. Cutuco de novo. Ele levanta as patas dianteiras contra o inimigo invisível. Ele não parece perigoso. Deixa o tronco, o contorna, se enfia nos buracos do chão e some como seus semelhantes.

Finalmente, não aguento mais: pego um, enfio na boca e mastigo.

É crocante. O gosto é horrível, amargo com um fundo acre indescritível. Cuspo várias vezes e raspo a língua várias vezes com os dentes, mas continua a arder! *Que nojo*.

Esses *inxetos* não alimentam ninguém!

A Anciã alega que, antigamente, as pessoas comiam animais. Um dia, os caçadores tentaram comer um animal selvagem. O veredito deles foi indiscutível: a carne tem cheiro de morte. Um deles chegou a vomitar depois de uma mordida.

Mais uma estupidez da Anciã.

Que ela apodreça na Murfa.

 É hora de explorar a fenda. Eu me apoio na árvore e me endireito para observar o ambiente. Pedras impressionantes irrompem da terra em alguns pontos. Parecem cabeças esquecidas, lixadas pelo tempo. Algumas são pequenas; outras, maiores que eu.
 Para desencargo de consciência, me arrasto ao longo da parede e começo a dar a volta. Há poucos lugares ásperos visíveis e, principalmente, a curvatura me assusta.
 Sair daqui será um pesadelo.
 Pulando em uma perna só, passo longe do buraco cheio de olhos. Não vou deixar o tornozelo ao alcance do bicho que mora lá, de jeito nenhum, mesmo que seja um bicho medroso.
 Não acabei a volta, mas, me erguendo na ponta do pé, noto a ponta de galhos magros emergindo de uma cortina de pedras redondas enormes.
 Outra árvore?
 Vou pulando ao longo do muro liso, liso, lisíssimo.
 Olho para trás, onde o buraco abriga olhos ao nível do solo.
 Eles estão lá, um aglomerado brilhante que me vigia.

Eu me movo devagar. O Sol está alto, martelando minhas costas com raios incandescentes. Só a coroa da árvore cria uma zona sombreada.

Levo um tempo infinito para chegar a... um monte de arbustos! Só vejo um pedaço, mas são muitos: cobrem ao menos a área de duas barracas grandes! Perto da parede, há um rochedo pontudo. Outro som emana dali.

Cristalino. Mais suave do que o sussurro da árvore. Como se acariciasse.

Ignoro minha mão, arranhada pelo esforço, e avanço, arrastando o tornozelo. Suo, corto as palmas ao me agarrar onde posso.

A melodia fica mais próxima.

Contorno os galhos que se espalham na direção do céu, finos e moles de um lado, grossos e duros de outro. Toco as folhas estreitas de um verde suave. Meu pai dizia que arbustos não servem para nada, mas noto que um deles tem galhos perfeitos para minha tala.

Anoto sua localização com uma cruz na areia e continuo a pular, desajeitada, até o som que estou ouvindo.

Ultrapasso o rochedo e paro. À minha frente, uma extensão plana reflete o muro e um pedaço do céu acima. A superfície se enruga com o contato de um líquido transparente que escorre de uma abertura na pedra.

Água.

É *isso* a água! O tesouro que os caçadores procuram incessantemente! Só conheço a água que escorre dos odres. Ou em gel. É a primeira vez que vejo tanta água de uma só vez. Tão calma. Imóvel. Parece uma mulher adormecida. Uma árvore, água. Sem ninguém para testemunhar essa maravilha! Eu me aproximo me abaixando e levo um susto: há alguém na água! Depois começo a rir. Haha! Não, não é ninguém! Assustei-me comigo mesma! A água é como um espelho, reflete meu rosto! Não me reconheci, de tanto que estou machucada, coberta de hematomas. Meu queixo está riscado por um ferimento grande. Minha bochecha direita está cortada, meu lenço, amarrado de qualquer jeito, caindo de lado. Eu me obrigo a sorrir e paro de me observar.

A água é translúcida; o fundo, arenoso, e cabelos verdes e compridos ondulam na superfície. Estendo a mão. O contato com a água é incrível: fresco, leve. Sorrio de verdade. Enfio o braço e toco os cabelos verdes. Eles me fazem cócegas, continuam o movimento lânguido, lento, hipnótico, como chamas quando acendemos as pedras de faísca e as labaredas se erguem aos céus. Parece que querem alcançar alguém invisível entre as estrelas. Esses cabelos não são animais, parecem arbustos aquáticos. Mexo a mão para a direita, para a esquerda, e a água resiste, me segue no contratempo, flui para o outro lado. Faço a água cantar.

Como eu queria compartilhar esse momento com minha mãe! Meu pai deve ter visto lagoas semelhantes. Será que ele já brincou com a água como eu faço agora? Ou só encheu odre atrás de odre, sem tirar um tempo para ver se havia água escondida no fundo das fendas? Nunca mais vou poder perguntar essas coisas a ele. Nem isso, nem nada.

Tiro o braço e mergulho o rosto na água, mas, quando inspiro, ela entra pelo meu nariz e eu tiro a cabeça de uma vez para tossir.

Que idiota eu sou! Não posso respirar água! No entanto, segundo a Anciã, algumas criaturas podiam.

Durante as reuniões noturnas, ela costuma falar – quer dizer, costumava. A Anciã desprezava os caçadores que contavam suas aventuras, suas escaladas alucinantes, seus encontros com os animais selvagens ou tempestades de areia, as caminhadas incessantes ao longo da imensidão sombria da areia.

Ela esperava que o silêncio não mais fosse preenchido por tosses impacientes, se enrolava no xale de cores pálidas e, com aquela voz rouca e ressecada pelo vento do deserto, explicava o mundo de antes.

Um dia, ela falou da água. Meu pai ainda estava vivo, na época. Ele se sentara ao lado de minha mãe e os dois tinham entrelaçado os dedos, iluminados pelas chamas alaranjadas da fogueira.

A Anciã usava um monte de palavras que pareciam pertencer a outro mundo. Eu tentei imaginar como seria esse tal mundo. Havia mares e águas dançantes que se chamavam rios. A Anciã disse que os homens se lavavam, pegavam animais de pele brilhante, que a água caía do céu em chuva e fazia nascer vida.

Apoiada na minha mãe, o corpo aquecido pela fogueira do assentamento, eu fechei os olhos; mergulhei nas imensidões vastas descritas pela Anciã. Imaginei a doçura das cascatas que "cantavam sua melodia em gargalhadas sonoras", a força fogosa e mortal da água torrencial. Na minha cabeça, o som borbulhante e rochoso dos vales tinha ares brilhantes de sonhos de infância, multicoloridos.

Eu acreditava como se acredita num conto de fadas: a água livre era uma história inventada por uma velha desdentada e carente, cochichada sob o céu estrelado para nos ajudar a pegar no sono.

A verdade é que tenho doze anos e nunca vi água assim.

A verdade é que essa lagoinha transparente na qual raios de Sol lampejam é mais linda do que tudo que já imaginei.

Por que a cidade vai buscar água tão longe, dentro da terra? Há água na minha frente. Seria muito melhor beber essa água fresca, em vez de água em gel.

No entanto, não há fendas perto da cidade, só areia, como uma coberta deixada por um gigante que já se foi há muito tempo. Um gigante que nos abandonou e deixou o lixo todo para trás.

A cidade me assombra. É tudo o que a água não é: cinzenta, ostentosa, rocambolesca, opressiva e ameaçadora. A água é simples. Será que os moradores das torres têm água? Quem são e o que fizeram de tão extraordinário para merecer o céu?

Foi lá, na cidade que meu pai começou a me ensinar a ler. Os túneis escuros eram cheios de painéis e cartazes iluminados. A maioria estava apagada, ou, raramente, piscava e chiava. Eu fiquei impressionada, pois nunca tinha visto lâmpadas ou eletricidade. Nós temos bastões e pedras de faísca, mas são tão preciosos que nos guiamos pelo ritmo do Sol, exceto nos casos das reuniões noturnas.

Meu pai me mostrou as letras. Ao longo dos dias em que lá ficamos, ele me ensinou como, ao combiná-las, apareciam ideias. Não só ideias, na verdade, mas também coisas. Com meus sete anos, apesar do medo daquela escuridão toda, dos cheiros que me nauseavam, eu sentia a magia contida nesse ato aparentemente tão simples: ler fazia nascer coisas que não estavam ali. Lembro-me com enorme nitidez do choque que senti ao decifrar minha primeira palavra. ME-SA. No mesmo instante em que li, gaguejante, uma mesa surgiu na minha cabeça. Uma mesa que existia e, ao mesmo tempo, não existia!

Depois disso, não parei mais de ler: soletrei e repeti até irmos embora. Meu pai me ajudou, com paciência. Os outros implicavam com ele, mas era brincadeira. Todo mundo sabia que meu pai queria um filho. Ele teve três, que morreram no parto ou logo depois. Até eu sabia disso. Ouvi meus pais conversarem a respeito, à noite. Por mais que cochichassem, entendi. Meu pai decidiu que, já que eu estava lá, ele me ensinaria o que sabia. Era menina, tudo bem, nunca seria caçadora, normal, mas meu cérebro seria tão pesado quanto o dos filhos que ele poderia ter tido.

Os amigos de meu pai riam quando ele me encorajava a escalar o mastro. Minha mãe fazia de conta que não concordava com minha educação atípica, como se fosse ideia só do meu pai. Na frente dos outros, ela menosprezava a leitura, um conhecimento tão inútil para uma simples menininha. Era melhor me ensinar a fiar. Ela reclamava para as outras mulheres e meu pai era a piada oficial do grupo.

No entanto, minha mãe sorria seu melhor sorriso quando eu decifrava sílabas e símbolos desenhados na areia. Ela o beijava com seu melhor beijo quando voltávamos, suando e gargalhando, do mastro.

A coitada da minha mamãe, largada com as mulheres e suas fofocas. Minha mamãe, que perdeu seu amor e que deve estar me esperando a cada segundo, a cada minuto que se passa.

No que eu fui me meter?

Estou debaixo da árvore. Minha barriga está roncando e parece me dar socos. Não lhe dou atenção. Peguei galhos finos e flexíveis e outros mais resistentes. Não tenho ferramentas para cortar. Quebrei com facilidade as pontas dos mais frágeis, mas os galhos mais largos que meu dedão já são outra história! Precisei puxar, torcer, empurrar e fazer força. O cheiro da *leña* viva é estranho, não tenho palavras para descrevê-lo. Lembra o cheiro do vento balançando meus cabelos. Quebrei um segundo galho e, ao cortá-los, consegui oito pedaços de comprimento quase igual.

Também encontrei outros arbustos à beira d'água. Os caules são macios e as folhas, estreitas. Arranquei vários punhados. Com eles, tento trançar uma cordinha, para prender os galhos ao redor do meu tornozelo. É complicado, mas, alternando as folhas, consigo encaixá-las na trança, uma após a outra. Ficou bom!

Levei dois dias para fabricar a tala, mas estou contente com o resultado. Agora, é ter paciência. Preciso que meu tornozelo fique bom para sair daqui. Também peguei um galho curto e resistente nos arbustos, no qual me apoio para andar. Para comemorar, comi uma barra proteica. Meu estômago gostou. Ainda tenho cinquenta e quatro. Eu as conto todo dia, até mais de uma vez. Não muda nada, mas me tranquiliza saber que estão ali. Comer apenas uma por dia é difícil. Meu estômago reclama.

Dei mais uma volta na fenda. Tento não entrar em pânico pelo fato de os paredões não apresentarem nenhum apoio para escalar.

Passo muito tempo observando os bichinhos no tronco da árvore, para me distrair da fome. Como seria um mundo cheio de *inxetos*? Eles certamente se mexeriam por todo lado, o tempo todo, como fazem estes bichinhos minúsculos.

Gostaria que minha mãe visse esses bichinhos, para rirmos juntas da aparência apressada, como se tivessem tarefas muito importantes. Será que minha mãe já viu *inxetos* assim? Ou uma árvore? Será que já viu uma árvore viva, de pé?

Um bichinho cai no meu braço e me morde ou me pica, não sei. Antes de pensar no que estou fazendo, o esmago.

Sob o choque, suas patas se contorcem, umas coisas se mexem acima de sua cabeça – e, então, nada. Ele fica achatado. Inerte.

É ridículo, só um bichinho de nada, mas vê-lo morto porque o esmaguei sem pensar, como as mulheres que acreditam em mau agouro, me entristece. Os bichinhos são tão sérios, concentrados, carregando os pedacinhos de folha, e ao mesmo tempo tão frágeis. Com um dedo, posso matar centenas deles.

Será que existe um dedo capaz de matar centenas de pessoas?

Os olhos continuam no buraco, ao pé da parede.
Eu converso com eles.

Hoje, expliquei o que fazia com a tala e como podia amarrar e desamarrar para lavar meu pé na lagoa. Também trancei duas cordinhas para trocar, caso a primeira arrebente.

Enquanto estou sentada no fundo da fenda, sobre a areia ou numa rocha, eu penso. Olho para o céu, para os *inxetos*, e penso.

Falar as palavras que desembestam na cabeça me ajuda.

No começo, quando as primeiras sílabas saem e tomam o ar, sinto vergonha. Minha voz ricocheteia na pedra, frágil nessa fenda enorme. No entanto, reparo que, quando as palavras saem, minha cabeça fica menos pesada. Por que não falar com os olhos, então? Não tenho certeza se esse bicho tem orelhas, mas nem ligo.

Conto-lhe que, desde a morte do meu pai, minha mãe não ri. Ela esboça uma espécie de sorriso, que mais parece uma careta, mas não é a gargalhada que antes sacudia sua garganta. Ela não ria sempre com ele, claro. E ria menos quando ele saía para caçar. Mas quando ele voltava...

Eu também ria, tudo era mais alegre: meu pai fazia pegadinhas, chegava perto sem barulho e me dava um susto tal que eu gritava de medo. Minha mãe gritava e ria ao mesmo tempo. Ele pegava seu livro precioso e tirava sarro quando eu gaguejava ou errava, misturando o "b" com o "d". Imaginávamos ao que poderia corresponder às palavras que não conhecíamos. Qual era o tamanho de uma "abobrinha"? Era mesmo pequena e por isso o "inha" no nome? Se fosse grande, se chamaria "abobrona"?

Demorei para rir depois da morte dele, mas consegui. Solas gostava de me ver sorrir, fazia caretas imbatíveis, contava um monte de besteiras e inventava brincadeiras bobas, como cuspir no ar e pegar a saliva com a boca, ou mirar numa garrafa vazia de oxigênio. Depois, ele virou caçador e meu sorriso desapareceu.

Gostaria de rir aqui na fenda, mas não há motivos: estou perdida, ferida, não sei como escapar daqui, e converso com olhos no fundo de um buraco.

A noite cai. O frio se infiltra na fenda e tenta expulsar o calor, mas ainda me resta algum tempo, pois as pedras retêm o calor do Sol. Quando esfriar mais, me enroscarei ao pé da árvore.

É cruel passar a noite descoberta. Sempre acordo, pelo menos uma vez para levantar, girar os braços no escuro, movimentar os joelhos e me aquecer. Depois, volto a dormir com a ilusão de estar mais aquecida.

O ar não se move, as folhas se calam.

Só resta minha respiração, minha mão que coça minha pele queimada.

A fenda é tão silenciosa. Eu até poderia achar que estou morta. Será que meu pai sente isso? Vazio? Silêncio?

Será que doeu?
Minha mãe perguntou a Gwarn se meu pai tinha sofrido. Gwarn só abaixou os olhos.
Como será que é estar morto?
Não estou morta, estou viva. É o que dizem as estrelas que começam a pontilhar o céu.
Os olhos brilham no buraco e me aproximo para vê-los melhor.
Quando eu estava atrás dos caçadores, estava em movimento. O chão cedia sob meus pés; eu avançava.
Aqui, o mundo está suspenso. Sou minúscula.
Um bichinho perdido.

Meu tornozelo continua a doer, a ponto de me acordar por várias noites a fio, mas a tala começa a fazer efeito. De vez em quando, a dor some.

Por outro lado, minha pele continua inchada e a cor muda como um pôr do sol desvairado: manchas roxas e amarelas se espalham até o peito do pé. Meu tornozelo é multicolorido.

Bebo da fonte todo dia. Tenho medo de esgotá-la, mas, por enquanto, a água continua a escorrer das paredes.

Ainda tenho cinquenta sachês e barrinhas de proteína.
Faz sete dias que estou aqui.

Colhi montes de folhas compridas dos arbustos para trançar uma corda. Não um fiozinho fraco para segurar os ramos no meu tornozelo machucado, nada disso. Dessa vez, fabrico uma corda composta por tranças que amarro umas às outras, longa e firme.
 Quando ocupo as mãos, me sinto como se estivesse no assentamento.
 A fonte me devolveu as lágrimas.

Tranço a corda.
Meço.

Ainda está longe de dar a volta no tronco da árvore.

Tentei lascar as paredes com cascalho para abrir reentrâncias que sirvam de degrau. Bati na parede toda, em cada projeção do relevo, por menor que fosse. Sempre acabo quebrando o cascalho, com as mãos sangrando.
Já a parede, só fica arranhada. Nada que seja suficiente para apoiar a ponta dos pés quando meu tornozelo estiver curado.
Se não puder escalar, como sairei daqui?

O Sol expulsou a noite. Esvaziei um sachê de proteína e me abriguei sob a coroa da árvore. Sinto a aspereza do tronco através da túnica. Esfrego as coxas e as costas, doloridas por dormir no chão duro.
Minha corda se estende ao meu lado, da grossura do meu punho. Está avançando bem.
Vou à fonte para beber água e me lavar. Ontem, me deitei no lago. Que delícia! Se o Sol estiver forte demais,

posso baixar a temperatura do corpo na fonte. Quantas mulheres viveram o que vivo agora? Nenhuma!

— Ha! Ha! — grito, vitoriosa, e cada "ha" se espalha como se várias outras versões de mim repetissem as palavras.

Um barulhinho de pedras caindo me paralisa. A princípio, penso na fera, mas o barulho era fraco demais. Não parece ter sido provocado por nada pesado. Eu me levanto depressa e desajeitadamente e pego a bengala-galho para me apoiar. Dou uma olhada no buraco à minha frente. Os olhos estão visíveis.

Vigilantes.

Não foi esse animal que provoc...

Movimento à esquerda.

Eu o vejo.

Ele também me vê, sibila e acelera.

Seu corpo ondula na areia em brasa, arrasta-se no chão em um movimento contínuo, e eu fico sem ar de repente, paralisada, sem me mexer, sem saber o que fazer.

O *krall* impiedoso é esperto, corre, se joga na minha direção, não tenho bastão de tamanho suficiente para bater nele e impedi-lo de avançar, não há nada que eu possa fazer, meu tornozelo não me aguenta, ele fica cada vez mais perto, avança, ergue a cabeça inexpressiva, aquela cabeça assassina, e eu só penso em uma coisa: esse bote fatal será meu fim.

Eu me apoio na árvore e ergo minha bengalinha.
Pelo canto do olho, vejo os olhos sumirem no escuro do buraco.
Estou sozinha.
Aquele bicho medonho se arrasta sinuosamente e consigo perceber seus menores detalhes, agora: a pele estampada, a cabeça triangular e a língua bifurcada que entra e sai.
De repente, no instante em que o *krall* cruza o buraco onde se esconderam os olhos, um bicho surge e o ataca com um salto.
O *krall* se vira com rapidez atordoante.
Uma nuvem de poeira cobre os dois corpos que brigam a poucos passos de mim.
Eu me arrasto até atrás do tronco, me agarro à casca sem desviar o olhar do espetáculo: faíscas bege, pó, formas embaçadas, crepitação, montes pretos, chicotadas, pontos brilhantes, sibilos.
Nada.
A nuvem de areia se esvai lentamente.
Eu me inclino para a frente.
Os olhos pertencem a um bicho que me faz estremecer: oito patas compridas e pontudas saem de um corpo oval e seco, quase do tamanho da minha mão. A cabeça é recoberta de olhos. A boca é uma pinça enorme que abre e fecha sem parar.

Ela segura o *krall* morto com suas mandíbulas esquisitas e o carrega até sua caverna. Suas várias patas tocam de leve o chão, *toc toc toc toc toc toc*.

Estou encharcada de suor.

Vejo o bicho voltar ao buraco, levando o corpo morto de meu pior inimigo. Murmuro um "obrigada" esganiçado e me jogo no chão, incapaz de me aguentar de pé.

Os olhos salvaram minha vida.

Não posso dar trela à minha dor. Apesar das mãos inchadas e do sangue em meus dedos, continuo a trançar.

Não me banhei, pois não tive tempo. Fui mancando até a fonte, enchi de água uma garrafa vazia de oxigênio e voltei logo à árvore para continuar a trançar.

Só paro na hora de afiar os bastões, feitos de galhos arrancados com gritos violentos para me dar coragem. Já tenho cinco.

Quando acabo de talhá-los, me apoio na bengala-galho e os espalho pela fenda. O primeiro fica comigo e o segundo, perto da água. Largo o terceiro ao pé da árvore e os outros dois mais longe, contra a parede. Se for pega de surpresa, pelo menos terei como me defender.

Volto a trançar.

A lembrança do *krall* se esgueirando na areia me assombra.

Recordo-me do velório do garotinho, a mãe lívida, como se seu espírito tivesse ido embora para não precisar encarar o corpinho sem vida.

Se os olhos não estivessem aqui, eu também estaria morta. Ninguém teria velado meu corpo, que apodreceria sob o Sol, empalidecendo até desaparecer sem que minha mãe ou qualquer outra pessoa soubesse o que me aconteceu.

Quatro dias depois da visita abominável, quando o Sol se retira para queimar outros horizontes, ajusto a mochila nas costas, jogo a corda atrás do tronco com a mão esquerda, em um movimento circular, e a pego com a mão direita, do outro lado.

Puxo.

A corda resiste.

Puxo mais.

A corda aguenta.

Eu a prendo ao redor do tronco na altura da minha cabeça, me curvo, puxo os dois lados, pego impulso e pulo.

Aterrisso perpendicular ao tronco e, de uma só vez, arranco a corda e a prendo mais alto. Puxo e subo mais, sempre perpendicular ao tronco. É a melhor técnica para escalar. Meu pai me ensinou, para subir no mastro. Claro que a corda que uso no assentamento é muito mais curta; estou tão acostumada que quase corro sobre o mastro.

Aqui, meus braços ficam afastados e, ainda por cima, estou usando um só pé. Em contrapartida, o tronco é rugoso, o que é uma vantagem.

Meu pé descalço se prende à casca e eu me impulsiono de novo.

A mochila fica batendo nas minhas costas. Com pequenos saltos firmes, cada vez mais tenho domínio da árvore. Meus braços tensos pinicam, meus músculos tremem, mas não desisto.

Chego finalmente ao topo, onde os galhos grossos nascem e se bifurcam.

O suor faz minhas mãos escorregarem um pouco.

Seguro a corda com mais força, pressiono os dedos do pé contra o tronco, inspiro fundo, empurro com o pé usando toda minha força e me jogo para a frente.

Aterrisso entre dois galhos e consigo subir, pedalando no vazio.

Pronto! Consegui!

Estou sentada na coroa, onde nascem os galhos que se erguem aos céus.

Quando olho para cima, tenho a impressão de estar dentro de uma barraca.

Segura.

Olho mais além. A fenda se expande. Conheço essa sensação, é igual à de subir no mastro – a diferença é que aqui posso parar, descansar, e tenho a impressão de respirar melhor, apesar de ofegar pelo esforço feito.

Se me instalar entre dois galhos, posso me encostar sem medo de cair; mas, antes disso, escolho o galho mais grosso, me apoio de barriga nele e subo o mais alto possível. Quando o galho se afina e começa a balançar demais sob meu peso, me endireito, segurando bem nos galhos vizinhos.

A árvore é grande, sem dúvida, mas as paredes continuam a me dominar, invencíveis. Não consigo ver se há pedras lá em cima, ao redor da fenda, pedras nas quais poderia jogar uma corda para sair dessa enrascada.

Examino os contornos do muro intransponível, viro-me para o outro lado, arranco as folhas que impedem minha visão, inspeciono as paredes de uma ponta à outra.

Sem saída.

Tenho quarenta e quatro barras e sachês. Meu tornozelo continua inchado e ficarei presa por mais um tempo. Melhor economizar.

Comerei amanhã.

Tiro a mochila das costas, abraço-a com força para me aquecer.

Ainda coberta de suor, adormeço rapidamente sobre o galho.

Acordo e procuro o chão com a palma da mão, mas não encontro nada e meu coração dispara. Por um instante, esqueço onde estou e fico tonta. Finalmente, lembro que subi a árvore e me ajeito, aliviada.

Ainda tenho algumas garrafas de oxigênio, mas, desde que cheguei aqui, não precisei usá-las.

Remexo a mochila e pego uma barra.

Saboreio cada mordida, mastigo a substância granulada com cuidado.

O que farei hoje?

Mergulhar na água. Agora que tenho bastões e corda para escalar, posso aproveitar um bom banho.

Em seguida, a prioridade é o tornozelo. Vou tentar girá-lo, exercitá-lo.

Vou também voltar a estudar as paredes, quem sabe ver asperezas que não notei, nas quais poderei me apoiar quando estiver pronta.

Quero acreditar que é possível escapar.

Tem que ser possível.
— Que programação! Minhas costas doem. Os galhos são muito duros. Também posso trançar uma esteira. Melhor ainda: uma rede! Isso! Posso instalar aqui na fenda!

Solas tem uma rede que ganhou no aniversário de dez anos. Gwarn construiu um sistema engenhoso e Solas se balança a cinquenta centímetros do chão. A mãe dele passou noites inteiras costurando para surpreendê-lo, usando restos de tecido que pediu na vizinhança.

Quando entrei na barraca deles naquele dia, Solas cobriu meus olhos com as mãos e me fez andar tateando, com passinhos desajeitados, "cuidado, levanta o pé, não, à esquerda...". Eu me lembro bem do corpo dele contra o meu. Ele afastou as mãos e eu vi a rede.

Da primeira vez que tentei me sentar, me desequilibrei e caí para trás, com as pernas no ar. Solas riu tanto que se dobrou ao meio. Nem ofereceu a mão para me ajudar a levantar. Eu o xinguei de imbecil, aveia podre, grãozinho de areia insignificante. Ele riu mais ainda.

Depois, eu me sentei com cuidado, bem no meio da curva, segurei as bordas do tecido, afundei e, devagar, estiquei o corpo para me deitar. Tive a impressão de entrar em um esconderijo secreto, protegida do mundo. Solas também foi se deitar, com a cabeça para o lado contrário. Nossas pernas se embolaram, meu pé apoiado no ombro dele. Rimos, os dois, nossos corpos tremendo juntos até nos acalmarmos.

Ele esticou o braço, segurou o gancho acima da cabeça e começou a nos balançar, devagar, bem de leve. Direita, esquerda, direita, esquerda. No começo, senti frio na barriga, a boca seca, mas, pouco a pouco, fui fechando os olhos. O calor de Solas. Deslizando no ar. O movimento se alinhava ao ritmo do meu corpo, tudo bem. Viajei com Solas, nosso trajeto suave, por trilhas invisíveis, no balanço... no balanço que era como o carinho tranquilizante que minha mãe fazia na minha testa quando eu tinha febre.

Queria que o tempo se estendesse, que nossa travessia durasse. Queria mantê-lo comigo mais um pouco.

É, posso tentar fazer uma rede.

A árvore não tem só folhas. Dos galhos pendem umas bolsinhas achatadas, medindo uns seis ou sete centímetros. Estico o braço e colho uma. A casca é aveludada, lembra tecido.

Reparo em uma linha fina ao longo da bolsinha, então rasgo ali e a abro ao meio.

Lá dentro, bolinhas verdes se enfileiram. O que será?

Hesito.

A CAÇADORA DE ÁRVORES

A Anciã falou de árvores que curam e que envenenam, mas acho que falava da casca. Meu pai me disse que as bolinhas verdes dos arbustos matavam. Mas e essas bolinhas? Não é diferente, já que são protegidas pela bolsinha? Eu as observo, as cheiro. Esmago uma e inspiro. O cheiro é esquisito, mas não desagradável. Finalmente, a curiosidade vence. Pego um pedacinho da bolinha lisa e macia, o coloco na boca e mastigo. O gosto é tão nojento e amargo quanto o dos bichinhos trabalhadores.

Cuspo tudo.

É minha cara: encontrei uma árvore que não se come.

A parede é como Tewida, armada de perfeição perfeita: transborda desdém, me sussurra que, por mais que eu tente, nunca a vencerei.

Tenho medo de que ela esteja certa.

Seria a parede dura e lisa demais? Tudo bem, vou construir um muro para subir!

Construí, então, uma base com pedras grandes encostadas na parede e faz dias que acrescento pedrinhas. Logo, logo, o muro será mais alto do que eu. Mas aonde espero chegar assim, catando pedrinhas e lançando-as com gemidos patéticos? A fenda desce por, pelo menos, dez metros, talvez mais! Não há pedras suficientes aqui para subir isso tudo!

Dane-se.

Preciso tentar.

Eu me arrependo de não ter trazido o livro. Mas sei por que não o trouxe: é pesado. Meu pai herdou da mãe, que herdou da própria mãe, que herdou do pai, e assim por diante, de mão em mão. É um livro bem velho.

Foi graças a ele que aprendi a ler, quer dizer, ler de verdade.

Quando voltamos da cidade, meu pai esperou uns dias para eu contar tudo o que pudesse para minha mãe. Depois, certa manhã, quando ela saiu para se reunir às mulheres, ele me pegou pela mão e me levou para remexer o bauzinho que ficava no tapete ao lado do colchão dele.

— Adivinha o que estou procurando? — perguntou.
— Uma faca? — chutei.
— Samaa! Uma faca? Na sua idade?

Eu podia sonhar! Ele me olhou com um sorriso de lado, o mesmo sorriso de quando escutava a Anciã, e eu notei que estava rindo de mim, então fechei a cara.

— Não, é melhor ainda... — murmurou ele, para me tranquilizar.

— Melhor que uma faca?

— Pronto!

Arregalei os olhos ao ver o objeto retangular. O baú do meu pai ficava trancado a sete chaves e eu não podia encostar um dedo nele – não, nem a pontinha da unha.

— Sabe o que é?

Resmunguei que não, senão diria.

— É meu livro, Samaa, o objeto mais precioso desta barraca. É raríssimo.

— Por quê?

Estiquei a mão para encostar no livro, mas meu pai o afastou, para aumentar a curiosidade. Fiquei irritada, mas sorri ao mesmo tempo.

— Antigamente, o mundo era cheio de livros assim. Não sei de que material é feito, mas sei que não existe mais. Dizem que nossos ancestrais tinham livros elétricos, mas eu não consigo imaginar muito bem como eram. Além disso, com a escassez de eletricidade, sumiram todos. O pouco de energia elétrica da cidade é usado para fabricar comida, matéria-prima e água em gel.

Eu vi as lâmpadas da cidade, pelo menos as que funcionavam. Achei-as brancas demais. Pareciam aberturas cobertas por uma luz agressiva, e faziam surgir cantos escuros angustiantes. Como seria um livro elétrico?

Meu pai prolongou o suspense por um tempo, antes de me pedir para chegar mais perto. Nós nos sentamos no colchão e ele abriu o livro. Estava cheio de letras, as mesmas que ele me ensinara a decifrar, mas, ali, eram minúsculas e muitas. Começamos a ler. Foi difícil.

Pouco a pouco, no entanto, palavras nasceram. Não entendia todas, longe disso, mas gostei da melodia. Algumas eram compridas e densas; outras, secas, redondas, ocas, suaves ou esbeltas. Mesmo que nenhuma imagem aparecesse na minha cabeça ao pronunciá-las, tentei imaginá-las baseada só no som. Passamos horas assim. Conversávamos e meu pai ria.

— E "gratinado", o que deve ser?

Eu refletia, pois levava nossa pesquisa muito a sério.

— Acho que deve ser um negócio redondo, bem bonzinho.

— Como assim?

— É o que está escrito! "Gratinado" não pode ser ruim nem malvado, ouve só: gra-ti-na-do! Pode até ser meio resmungão, como o avô da Tewida, sabe? Mas é certamente bonzinho.

— E "pepino"?

— O pepino é astuto. Se esgueira pelas bordas, observa, fica escondido, na espreita.

— O pepino fica na espreita?

— Isso!

Meu pai sorriu de novo, mas talvez com um pouquinho de tristeza.

A partir de então, eu podia pegar o livro quando quisesse. Precisava só tomar cuidado e nunca mostrá-lo a ninguém, porque era um tesouro.

Eu o lia todo dia, até decorar trechos: "Para preparar um gratinado, separe quinze batatas, três dentes de alho, duas cebolas brancas ou roxas, bem grandes."

Não faço ideia do que sejam batatas ou cebolas, nem por que têm cores diferentes. Será que varia pela idade?

Certo dia, a Anciã disse que nosso livro era um livro de receitas culinárias. Essas palavras que não conhecíamos eram legumes, ou seja, vegetais, como as árvores, mas diferentes, menores e comestíveis.

Era mentira.

Como eu sei disso?

Há uma parte que diz: "Pegue três boas cabeças de alho." E vegetal lá tem cabeça? Acho que não! Quem tem cabeça é animal!

Por outro lado...

Ergo o rosto para ver a coroa da minha árvore.

Parece até uma cabeça, alta, apontada para o céu.

— A árvore tem cabeça? - pergunto aos olhos, mas, obviamente, eles não respondem.

Só recebo o eco da minha voz opaca.

A Anciã me garante que, na cidade, os ricos plantam legumes nas torres. Eles podem comer como no mundo de antigamente, enquanto a gente engole proteína para sobreviver. Ela nunca está feliz, está sempre com raiva. Imagino que, desde minha partida, ela tenha ido parar na barriga de um animal feroz. Ou nos excrementos. Bem feito.

Se estivesse com o livro, poderia deitar perto da água e ler. O tempo seria diferente. Não seria tão preguiçoso, a se arrastar mais que o normal.

No assentamento, eu fio, teço, acompanho minha mãe, papeio. O dia tem consistência, como a barra de proteína que amolece e cede entre os dentes.

Aqui, é outra coisa.

Por mais que converse com os olhos, contando a história de quando Solas se perdeu ao instalar uma guirlanda de garrafas entre as pedras (uma de minhas primeiras lembranças dele, de quando usávamos fraldas) ou de quando Tewida saiu pelada da barraca porque achou que havia um *krall* lá dentro (era só o pai dela roncando), por mais que eu trance minha esteira (quero me instalar confortavelmente na árvore), adiante minha rede, tome banho carregando o bastão, tateie as paredes esperando que reentrâncias apareçam só porque preciso, é como se o Sol andasse cada vez mais devagar pelo céu.

Os dias se esticam, se misturam. Conto de novo e de novo as minhas barrinhas e sachês de proteína para saber há quanto tempo estou perdida aqui.
Quanto tempo me resta.
Trinta e oito refeições.

Subo na árvore e me deito. O Sol se põe com a indiferença de sempre.
Ouço o farfalhar das folhas.
Eu me concentro para ver se, com força de vontade, meu tornozelo melhora mais rápido.

De manhã, tirei a tala e tentei me apoiar no tornozelo. Torci o pé e caí.
Chorei de raiva.

Apoiada na bengala-galho, dou mais uma volta ao longo das paredes.

Continuam lisas como bumbum de bebê.

Segui os bichinhos. Alguns não mergulham entre as raízes da árvore, mas moram sob uma pedra chata. Quando ergui a pedra, eles correram para todo lado e quase pude ouvi-los gritar "Socorro! Socorro, se protejam!". Botei a pedra no lugar, tentando não esmagá-los. Fico me perguntando quantos deles vivem lá.
Talvez haja mais bichinhos aqui do que seres humanos no mundo.
Como as pessoas fizeram para aniquilar quase todos os *inxetos* do planeta? O mundo parece tão grande!

Meu tornozelo está muito menos inchado, mas continua feio e fraco.
Olho para o céu, onde aparecem as estrelas.
— Minha mãe está sob o céu. Solas está sob o céu.
Os olhos estão no fundo da toca.
— Você está sob o céu. Estamos todos sob o céu, que é igual em todo lugar. Por que o tempo anda mais devagar aqui?

Finalmente uma boa notícia: meu cabelo está crescendo. A franja cobre meus olhos e minha nuca está protegida.

— Viu só, mamãe, tento ver o melhor lado. Mas é verdade também que preciso me esforçar, o tempo todo, para expulsar os pesadelos que insistem em sussurrar que não tenho a menor cHance de sair viva daqui.

Quem sabe minha mãe me ouve.

Quem sabe ela monte uma expedição de mulheres, uma caravana de socorro comandada por fofoqueiras que enfrentaram os homens, carregadas de fios, agulhas, panelas e pentes. Elas gritariam tão alto que assustariam as feras, falariam, ririam e fariam tanto barulho que o próprio Sol se esconderia correndo. E então, uma Lua redonda e bondosa guiaria a caravana através do deserto, entre as rochas e dunas em movimento.

Quero acreditar que minha mãe está me procurando. Talvez acabe até me encontrando.

Sou obrigada a inventar um futuro. Senão, do que adianta?

Todo dia vou ver se Tewida está lá. Eu batizei o bicho esquisito de Tewida. Se for macho, dane-se. A Tewida de verdade ficaria horrorizada ao ver a cara da gêmea. Imagino ela ali, de cabelos compridos, boquiaberta de nojo. Mereço rir um pouquinho.
Não tenho mais medo do bicho e, além disso, ele me ouve. Falo com ele o dia inteiro. É meu único conhecido próximo. É preciso ser educado com os vizinhos, recitar as expressões habituais, "Como vai?", "Dormiu bem?", "E a saúde?". Não temos muitas fofocas para compartilhar, mas finjo que sim.

— Bom dia, Tewida! *Uma família e uma planície.* Digo isso porque somos amigas. Gostou? Espero que sim, pois é uma expressão de muito valor para o meu povo. Ah, e você viu? Os bichinhos colonizaram outra pedra! Às vezes fico achando que a terra debaixo da gente é infestada de tuneizinhos em miniatura. Imagina só? Um dia, vai ceder e eu vou cair nas entranhas da Terra! Hahaha!

Tewida acompanha meus movimentos.

Fico feliz de conversar com ela.

A CAÇADORA DE ÁRVORES

Encontro uma pedra grande, do tamanho de metade da minha cabeça, perto da água. Passo uma corda espessa ao redor dela, o que demora um bom tempo, porque estou com os dedos machucados de tanto amarrar, puxar, arrancar, trançar, bater. Quando consigo, me afasto da parede, seguro a corda a, aproximadamente, um metro da pedra e giro uma, duas, três vezes ao redor da minha cabeça. Começando devagar, os círculos amplos vão ficando cada vez mais rápidos, impulsionados pelo movimento. Quando a corda começa a assobiar no ar, me contraio e jogo a pedra com toda a força para cima. Ela bate na parede e cai. O barulho de cascalho é seco e fraco. Vou mancando até minha pedra, pego-a no chão e começo de novo.

Jogo a pedra dezenas de vezes. Nunca consigo arremessá-la por cima da parede. É alta demais.

Tewida-olhuda está na beira da toca, atenta. O silvo da corda deve assustá-la.

— Estou só tentando ir embora, Tewida. Não se preocupe, a corda e a pedra não machucarão você. Se eu prendesse a pedra numa reentrância que não enxergo daqui, se por sorte lá em cima tivesse um monte de pedronas na

qual a minha ficasse presa, eu poderia escalar pela corda e me salvar.
Tewida continua a me observar.
Jogo a pedra até meus braço e ombro não aguentarem mais.

Não tenho força o suficiente.

Agora, como à noite. Notei que durmo melhor de barriga cheia. De manhã, ao acordar, bebo água gelada, porque engana minha fome.

Acabei a esteira. Tive dificuldade de levá-la lá para cima, mas, usando um sistema de cordas que escorregam umas sobre as outras, acabei conseguindo.
Meu cantinho na árvore é aconchegante. A esteira fica dobrada nos cantos, presa entre os galhos, e guarda o calor do meu corpo durante a noite. Também fiz uma espécie de coberta de folhas. É áspera, mas não sinto mais tanto frio.

Gosto de ficar empoleirada na árvore, porque o mundo muda. Fico horas observando o céu através da folhagem.

Tenho trinta e duas refeições.

Não tem como jogar a pedra por cima da parede. Estou com câimbras permanentes no braço e no ombro de tanto girá-la para o alto.

Eu a vejo bater na parede e cair de novo, como um corpo sem vida que se entrega.

Tentei arremessar a pedra de cima da árvore, mas, apesar de ficar mais alto do que no chão, estou também mais longe. Além disso, as folhas me atrapalham. Não posso nem pensar em tirá-las, porque não teria mais sombra.

Quanto ao meu murinho, é fracote e ridículo, encostado na parede imensa.

Eu é que sou fracote e ridícula.

Cada dia dura dez.

Hoje, consegui jogar a pedra por cima da parede. Puxei a corda, na esperança de que ela se sustentasse, mas a pedra caiu, solta. Fiz de novo. Ela caiu outra vez. Minha pedra bate lá em cima, escorrega quando puxo, cai até o chão. Pego a pedra de novo, dou dois passos largos, tento mais uma vez.

Tomei uma decisão importante: agora, só como a cada dois dias.
Tenho trinta refeições.
Assim, posso aguentar duas luas.
Para comemorar a novidade, acabei com a água em gel.

Já anoiteceu faz tempo, mas não consigo dormir. Minha barriga ronca, se tensiona, se retorce, me perturba. Fico me revirando na esteira, me encolhendo.

A Lua está enorme. Uma luz surreal marca os contornos até das menores saliências. A fenda está azul e gelada. Um barulho chama minha atenção, leve e contínuo, mesmo que às vezes se torne mais lento.

Toc toc toc toc toc toc toc toc.

É Tewida.

Eu me sento com cuidado, para não ser notada, e me inclino para a frente. Através das folhas, vejo sua toca.

A silhueta angular está escalando a parede. As patas compridas são aderentes, então ela corre na vertical, ágil e leve. Não desvio o olhar, *toc toc toc toc toc*, ela se afasta.

De repente, chega lá em cima e some no deserto.

É tão simples.

Será que Tewida sai toda noite enquanto durmo?

Queria esperá-la, mas, finalmente, o sono chega. Adormeço.

Assim que abro os olhos, me pergunto se Tewida voltou. Será que ela foi embora de vez? Pensar nisso me faz estremecer.

A solidão já é insuportável mesmo com a Tewida.

Nem paro para beber água, só desço correndo da árvore e me abaixo com o coração batendo rápido.

Os olhos estão no buraco.

Tewida voltou.

Aceno com a mão e subo de novo.

Dormi mal na noite passada. Minha barriga ficou reclamando, se retorcendo.

Pensei em Solas. Será que os caçadores encontraram a fenda que procuravam? Óbvio. Estavam planejando umas duas luas na ida e um pouco mais na volta, por causa do peso do carregamento. Tempo para cortar e desmontar a árvore, antes de ir embora... Já devem ter acabado de carregar seu inestimável fardo.

O que minha mãe dirá quando voltarem sem mim?

O dia chega. O sono me abandona, então abro os olhos.

A coroa de folhas me envolve como de costume, mas existe uma diferença.

Eu me espreguiço, pego a mochila, agarro a corda grosseiramente amarrada num galho e desço escorregando.

Meu tornozelo resiste.

Ando alguns passos.

Incrível. O céu tão azul, tão imutável, tão exausto de estar azul, repleto de nuvens brancas.
— Olha, Tewida! Nuvens!
São raras no deserto, só as vi uma vez. Meu pai já não estava conosco. Eu dormia com o livro. Ser caçadora se tornara minha obsessão. Ele sempre ria na minha cara quando eu falava disso, tirava sarro de mim com os amigos: "O que vocês acham, rapazes?!" Eles faziam piada comigo, a menininha, me perguntavam se eu podia remendar as calças deles, pois seria muito mais útil. Eu sempre ia embora emburrada. Essas brincadeiras não faziam a menor diferença. A morte dele também não me fez mudar de ideia. Pelo contrário, só reforçou: eu queria viver o que ele vivera, saber o que significava a caça, a liberdade, a companhia do deserto infinito. Era o melhor e único jeito de me aproximar dele. Que se danassem as feras. Eu mataria dezenas delas para vingá-lo.

Certa tarde, um vento estranho soprou no assentamento. Normalmente, o vento seca a boca, arde nos olhos e no nariz. Naquele dia, as lufadas eram suaves, quase macias. Nada de calor tórrido.

As mulheres e as crianças saíam das barracas para cheirar o ar. Os comerciantes que preparavam os trenós pararam de trabalhar.

Mais tarde, o céu se cobriu de uma manta esbranquiçada. As mulheres correram para dentro das barracas e voltaram com cestas, vasos, jarras, tudo o que podia conter líquido.

A Anciã gargalhou.

— Que bando de ignorantes! Não vai chover!

Minha mãe estava prestes a erguer o véu da nossa barraca, trazendo uma bacia. Ela parou, andou para trás, escondeu o utensílio e voltou para o grupo, com cara de despreocupada. Eu fui com ela.

— As nuvens que trazem chuva são cinzentas e grossas: são pesadas de tanta água que carregam, como a barriga de uma mulher grávida.

Essas nuvens eram brilhantes. Não carregavam fardo algum.

A Anciã foi embora, resmungando.

Agora estou presa no fundo da fenda e preciso me render às evidências: o céu está se transformando. O azul arrogante se apaga, foge correndo. As nuvens se acumulam acima de minha cabeça e, de brancas, se tornam cinza.

Meu primeiro reflexo é procurar objetos que sirvam como recipientes, mas não preciso, pois tenho a fonte!

Antes de me deitar, dou uma olhada nos olhos. Estão lá, atentos a mim. Tewida vigia a fenda, sem nunca dormir. Imagino que, na verdade, ela deva descansar, mas não sei quando. Nem sei se ela pode *fechar* os olhos.

A CAÇADORA DE ÁRVORES

— Tewida? Você tem pálpebras?
Fico feliz com a surpresa desta manhã.
— Acho que vai acontecer um milagre, Tewida. Vai cair água do céu.
Os olhos não reagem.
Ignoro minha barriga que ronca como uma velha resmungona, irritada por estar vazia, e me deito de costas. O chão ainda está fresco. Apoio a cabeça nas mãos. Espero.

As nuvens deslizam pelo céu. De repente, olho melhor e vejo *coisas*: rostos monstruosos com chifres e mil orelhas, narizes, queixos pontudos, pernas tortas, um bicho cujo pescoço nunca acaba, um bastão em chamas, um velho carrancudo, uma mão com sete dedos, uma Tewida com menos patas, uma árvore, uma mulher dançando, um bebê de corpo esmagado e cabeça enorme.

Por que as nuvens não me visitam mais vezes? São tão engraçadas!

O vento pula de um lado para o outro, ricocheteia nas paredes e despenteia a coroa da árvore. As folhas se agitam, sacudidas em espasmos.

Os caçadores e meu pai dizem que as árvores cortadas nos dão vida.

Não é verdade.

Desde que cheguei aqui, é a água que me dá vida. Eu a bebo, me banho, lavei minha túnica rasgada. A fonte aliviou meus pés exaustos.

Se a Anciã me ouvisse, mostraria os dentes quebrados e os buracos na boca enrugada para sorrir.

A água me mantém viva.

A árvore, de pé, me protege do Sol.

Os galhos cortados servem como armas e curam meu tornozelo.

Continuo a acreditar que a Anciã conta besteiras. A água não fica nas raízes da árvore, mas mais longe. Ha!

No entanto, sou a única pessoa aqui. Não adianta mentir.

Somos só eu e Tewida-olhuda. Além dos bichinhos que correm e trabalham na casca da árvore e debaixo da terra.

Nunca cruzei com água durante os longos dias de caminhada. Nem perto do assentamento. Nem durante o êxodo, quando nos metemos pelo deserto.

Só há água aqui.

No fundo da fenda.

Onde há uma árvore.

Como se fosse por acaso.

Saia da minha cabeça, Anciã! Saia!

As nuvens se mexem, o vento esfria, a árvore se sacode cada vez mais, como se uma mão invisível a balançasse sem hesitar.

A CAÇADORA DE ÁRVORES

Espero.
Tewida também espera.
De repente, um "plic" no chão ao meu lado.
Um "ploc" perto do meu pé.
Dou um pulo. Bolinhas escuras sujam a areia.
Outra, outra, mais outra que cai nas costas da minha mão. Observo. Há água se espalhando. Uma gota, mas diferente do gel. Essa gota se achata, é fina. Eu a lambo. É suave como a água da fonte.

Fico de olhos abertos, mesmo que às vezes perca uma gota. As gotas se juntam, se aproximam, se jogam e imagino suas gargalhadas, sua alegria de sair do céu, de ir à terra onde vivem as pessoas, as árvores e as Tewidas cheias de olhos.

Uma onda de frescor invade a fenda, apesar de ser dia, quando o Sol deveria estar percorrendo o céu.

O mundo parece estar fantasiado.

A chuva cai.

Sem aviso, a água começa a pingar em um fluxo contínuo. A chuva pesa, martela meu corpo, endurece a areia, cobre os rochedos e engole os arbustos distantes, perto da fonte. Formam-se correntes, água escorre por mim, minha túnica fica pesada e eu corro para me proteger sob a enorme coroa. Eu pressiono o corpo contra o tronco.

Nunca na vida estive tão encharcada. Quero rir; ao meu redor, está tudo cinzento e alegre. Tewida também se abrigou mais ao fundo. Não vejo mais seus olhos.
Abraço a árvore, toco o tronco com o rosto.
Escuto o mundo todo beber e a chuva cantar sua canção.

A chuva se foi.
Parou de repente.
Primeiro, restaram algumas gotas, como se estivessem atrasadas, correndo para se juntar àquelas que tinham partido – *esperem, esperem*.
Da mesma forma como eu corri atrás dos caçadores.
Depois, não há mais nada.
De vez em quando, uma gota cai da parede ou das folhas.
"Ploc" é o barulho que fazem, enchendo a fenda com sua voz límpida.
Fui ver a fonte.
Está grande. O riacho, largo.
Eu me pergunto de onde vem aquela água e aonde ela vai. Já que escorre e não transborda, tem de ir para algum lugar. Não sou eu que bebo tudo!

O Sol logo seca cada cantinho. A areia perde a textura grudenta, volta a ser poeira que escapa entre os dedos. Volto para a árvore. Emoções demais. Estou com sono.

Ontem, comecei a andar sem tala. Não dói mais, acabou.

— Olha, Tewida! Meu tornozelo está magrelo, parece um pau! Não, parece mais um galho de arbusto... Estou me transformando em árvore!

Preciso fortalecer meu tornozelo recém-curado, e só girar de um lado para o outro não é suficiente. Começo então a caminhar ao redor da fenda, protegida pelo lenço enquanto passo pelas áreas abrasadas pelo Sol. Estico a planta do pé, me equilibro na ponta. De vez em quando, paro e vejo se o músculo de trás está se contraindo.

Eis uma nova ocupação interessante!

Minha pedra e minha corda continuam largadas embaixo da árvore.

Não servirão para nada.
Preciso dar outro jeito de sair daqui.

Agachada a poucos metros da árvore, cavo um buraco. Para desencargo de consciência; quero confirmar se as raízes guardam água.
A areia é difícil de tirar, pois escorre e cai de volta. No começo, me esforço sem resultado e, quando faz calor demais, me protejo sob a coroa. Quando minhas costas param de arder, volto a cavar.
Tewida-olhuda me observa, como de costume.
— Você podia ajudar. Tem essas patas todas, iria mais rápido.
Eu sorrio para ela e volto a trabalhar.
Depois de um tempo, minhas mãos mergulham em areia fria e grudenta. Ou seja, areia molhada. No entanto, pode ser a água da chuva. De qualquer forma, preciso parar: raízes correm para todo lado, grossas, finas, algumas tão magrelas que parecem fios. Elas se cruzam, recruzam e recobrem toda a superfície, bloqueando a passagem. É como se a árvore tivesse tecido um vestido imenso.
Eu tampo o buraco e vou cavar mais longe.
Raízes.

Tampo.
Cavo.
Raízes por todo canto.
Vou mais longe ainda.
Acabo na beira da parede. Aqui, enfim, não chegam raízes. Estou deitada no chão, com o braço praticamente esticado.
De repente, minha mão toca uma coisa dura. Inicialmente, acho que é uma pedra, mas sinto que é diferente. Esfrego com a ponta dos dedos, vejo um pouco de branco e tiro a terra ao redor para soltar o objeto. Finalmente, pego... uma caveira.
Eu a levo até debaixo da árvore e limpo os últimos grãos de areia.
É comprida e imponente, furada no lugar dos olhos e das narinas. Os dentes continuam presos à mandíbula, e dois chifres pontudos saem do topo do crânio.
É uma caveira de animal.
Estremeço. A Anciã não fala só besteira! Havia animais no mundo de antigamente e deviam ser grandes, considerando o tamanho da cabeça! Será que os caçadores sabem disso? Já encontraram caveiras parecidas? Ou esqueletos?
Eles encontram *femalha*, um tipo de metal. Quando as dunas correm e se movem, de vez em quando aparecem carcaças de *femalha*, que os homens catam.

As carcaças são grandes e compridas. Ninguém sabe para que serviam. Deviam ser produzidas pelos povos de antigamente. Lá dentro, há objetos. Os homens as abrem a machadadas e martelam a *femalha* para fazer pratos e facas.

No entanto, nunca falaram de animais.

Eles também cruzam ruínas, paredes, tetos, pedaços de cidades mortas que aparecem vez ou outra, quase inteiramente cobertas. Os caçadores as evitam sempre que podem, pois são repletas de fantasmas e dão azar.

Por que não há mais animais na nossa terra? A Anciã diz que os homens de antigamente envenenaram tudo o que era vivo. Logo, sumiu tudo.

O deserto cresceu e devorou o mundo.

Este animal devia ser grande e forte. Como os homens puderam deixá-lo morrer? Por quê?

Deixo a caveira ao meu lado.

— Como devia ser bonito, o mundo onde você viveu. Como gostaria de tê-lo conhecido...

Minha túnica está curta, e as mangas já estão bem afastadas do punho.

Cresci.

Enquanto isso, meus músculos ficam flácidos.

É hora de arranjar uma faca. No assentamento, só os adultos podem usá-las. As mães dão a primeira faca das filhas; os pais, dos filhos. Minha mãe ainda não me deu minha faca: tenho cabelo curto. Como todas as mulheres, ela carrega a faca no cinto. Quando estava preparando a viagem, pensei em roubá-la, mas não tive coragem. Foi meu pai quem entalhou a faca, usando uma pedra cinza e brilhante encontrada na caça. A empunhadura foi esculpida em um material laranja. Eu teria matado meu pai outra vez se a roubasse. Também pensei em roubar a faca da Anciã, mas lembrei que ela abrira mão da arma para ir à Murfa, como exige a tradição.

Portanto, saí sem faca.

Um dia, se voltar ao assentamento, herdarei a faca do meu pai, que minha mãe recuperou quando ele morreu. Fica numa caixinha perto do colchão. O cabo está gasto. Às vezes, minha mãe me deixa pegá-la, com cuidado, e segurá-la. Meu pai segurava aquela faca. É como se eu segurasse a mão dele.

Enquanto isso não acontece, farei minha própria faca. Encontrei no chão uma lasca pontuda, comprida e triangular de rochedo, uma ótima base para lâmina. Escolhi outras pedras para entalhá-la. Um pedaço de galho será perfeito como cabo. Só falta pensar em como prender a lâmina na empunhadura, mas darei um jeito.

Hoje, voltei à árvore bem antes de o Sol se pôr. Os últimos raios são suaves e o calor que emana do chão, agradável. Entalho a pedra aos pouquinhos, fazendo fricção para soltar faíscas pequenas.

Em breve, aparecerá a primeira estrela.

Adoro o céu noturno, é uma pena que faça tão frio.

Eu e Solas gostávamos de nos afastar das reuniões noturnas e deitar numa coberta à beira do assentamento. As vozes de nossos pais estavam próximas o suficiente para nos tranquilizar e, ao mesmo tempo, distantes o suficiente para nos sentirmos livres.

Pouco antes de partir para a primeira caça, Solas me arrastou para longe das barracas.

— Você está ansioso para partir? — perguntei.

— Estou. Depois, não serei mais o mesmo. Serei caçador.

Ele quis continuar, mas se calou. Acho que conseguiu ler a inveja ou a tristeza em meus olhos. Ficamos por um bom tempo quietos, sem nos falarmos e nos movermos. No início, fiquei desconfortável, mas, pouco a pouco, escapei mentalmente. Meu pai tinha percorrido o deserto sob aquele céu. Ele devia ter pensado em mim sob o céu que eu admirava. A princípio, quando ele morreu, minha mãe não gostava de falar de meu pai. Melhorou algumas luas depois. Ela contava anedotas que eu não conhecia e, quando conhecia, fingia estar ouvindo pela primeira vez.

Solas segurou minha mão e eu estremeci.

— Imagine... Se você tivesse poderes mágicos e pudesse moldar a terra e o céu, inventar o lugar onde moramos... Em que mundo gostaria de viver?

Eu queria dizer que não estava nem aí, que tudo que importava era ele não soltar minha mão, devolver a pergunta. No entanto, temendo sua reação, falei:

— Qualquer mundo, desde que meu pai e minha mãe estivessem comigo.

A verdade era muito maior.

Era extensa como o céu estrelado acima de nós.

Minha barriga ronca alto. Ainda tenho vinte e três refeições.

O dia não acaba nunca.

A lâmina da minha faca está indo bem. Testei o fio na árvore: fiz um corte num dos galhos em que durmo, atravessei a casca e cheguei à madeira clara por dentro.

Cada corte representa um dia.

São muitos cortes. A área já é mais comprida que meu braço esticado.

Um líquido espesso e translúcido começou a escorrer dos primeiros cortes.

Era uma substância grudenta e pegajosa.

Esperei.

Era uma boa distração para minha barriga, que roncava cada vez mais.

Pouco a pouco, cada corte secretou essa substância esquisita.

Não tenho outra palavra para descrever.

A árvore sangra.

Eu pedi desculpas.

Não marcarei mais os dias na pele dela.

Não como desde ontem, mas não aguento mais. Dane-se que seja manhã ainda. Mastigo devagar a barrinha de proteína e sinto uma alegria profunda. Meu estômago geme de felicidade.

Outra coisa chama minha atenção.

Um mundo nasceu no chão.

Eu desço e me agacho para enxergar melhor.

Várias dezenas de bolinhas como aquelas que eu encontrara nas bolsinhas penduradas na árvore, às quais eu não dei a devida atenção, racharam. De dentro delas crescem caules minúsculos, amarelos e brancos, do tamanho da minha unha. É esquisito: na árvore, as bolinhas eram verdes, mas na terra ficaram marrons.

Pego uma entre os dedos. Parece uma miniárvore.

A árvore é mãe.

As bolinhas são seus filhos.

Com a chuva, os filhos nasceram.

Marie Pavlenko

Passo a chamar a árvore-mãe de Naïa.
Peguei bolsinhas de bolinha na árvore e guardei na minha mochila. Se a chuva voltar, farei experimentos.
Nos galhos de Naïa, começo a trançar. Estou fazendo uma boneca, mas, sem agulha, é difícil. Melhor assim.
É uma boa distração.
Começo a dormir de dia também, cada vez mais.
Fico cansada rápido.
Espero a chuva, mas ela se foi.
Vigio Tewida.
Se fosse Tewida, correria pela parede e voltaria para casa.
Mas a casa dela é aqui.

Eu me balanço.
Trancei uma corda comprida que prendi num galho alto e, embaixo, fiz um nó grosso. Posso me agarrar, pular, me apoiar no nó e me balançar. O galho balança, mas é firme. As folhas cantam. Eu me embalo no vaivém, vou,

venho, vou, venho. Só desço quando minhas mãos estão cheias de bolhas de tanto apertar.

Sempre que desço de Naïa, observo os bebês. Aqueles mais próximos do tronco ou da parede, que têm mais sombra, crescem. Vários já morreram. Gostaria de ajudar, mas não sei como.

Não usei as garrafas de oxigênio que sobraram. Na fenda, não preciso delas.
Prendo o canudo, abro uma e respiro.

Fico tonta, o mundo gira, o céu se estreita, o tronco de Naïa se estica, a fonte corre para longe e as paredes se reviram.

Quando tudo se acalma, começo de novo.

Tenho cinco garrafas vazias e vontade de vomitar. Acabei soltando o oxigênio das três últimas, de tanta dificuldade de respirar.

Com um dos vários fios e cordas que construí (são muitos!), faço uma guirlanda e prendo as garrafas. Meus dedos tremem, mas dá certo.
Em seguida, penduro-a entre dois galhos grandes de Naïa.
Se eu mexer uma garrafa, ou, ainda melhor, se o vento o fizer, é só fechar os olhos que consigo fingir estar no assentamento, *blém blém*, minha mãe já vem me chamar, reclamar que eu emaranhei os fios, honestamente, Samaa, você precisa se concentrar, precisa correr, é hora de levar a sopa da Anciã.
Eu choro.

Agora à tarde, o Sol está muito forte. Ele atravessa as folhas e me queima.
Ando devagar. Estou um pouco tonta.
Penso em Naïa.
Ela é mãe. Como são os pais? Tem pais? Se nós cortamos as mães, o que acontece com os filhos? Eu os vejo morrer sob os raios do Sol em brasa. Sem a proteção da coroa materna, eles ficam indefesos.
Como os bebês humanos.

Ah. Eu continuo viva por causa da água.
Se preciso beber, os bebês de Naïa também precisam.
Meu estômago se revira.
Vou até a fonte, encho de água uma garrafa de oxigênio vazia. Encontro algumas árvores bebês atrofiadas e viro devagar a água da garrafa nelas.
Vou e volto várias vezes.
Quando canso, subo no meu refúgio e adormeço, entorpecida pelo calor.

De manhã, fui tomar banho.
Estava deitada, embalada pela água, os pés boiando, a cabeça na areia. Sem pensar, arranquei um dos cabelos compridos que acariciavam minha mão. Eu o tirei da água. Era liso, verde e grudento. A superfície brilhava ao Sol.
Eu o enfiei na boca e mordi um pedaço, desejando que não tivesse o mesmo gosto dos bichinhos ou das bolinhas verdes. No começo, a consistência era estranha: grudava no céu da boca, gordurento, mas acabei engolindo sem dificuldade.
Comi o cabelo todo.

Comi dois outros fios depois.

Três fios de cabelo por banho me parece ser de bom tamanho.

Minha fome se acalma por várias horas; é uma ótima notícia.

Mesmo assim, não é a melhor do dia.

Não, a boa notícia, boa mesmo, é que estou salvando os bebês da Naïa.

Quatro ou cinco continuam a morrer, caules inertes e caídos, mas os outros, não! Os caules ganharam tônus e continuam a crescer na direção do céu, milímetro a milímetro.

Molho-os de manhã, para ajudá-los a aguentar o Sol, e à noite, para dormirem bem. Como eu.

Ainda tenho dezenove refeições.

Hoje, decidi que precisava de outra atividade. Não posso mais trançar. Primeiro, porque tenho estoques de corda sem utilidade. Segundo, porque não sobrou mais folha nenhuma nos galhos dos arbustos. Já usei tudo.

Fui passear perto dos bichinhos que moram debaixo das pedras mais achatadas. Peguei várias pedrinhas, umas grandes e outras médias, arrancadas do meu murinho fracote e ridículo que não serve de nada. Com elas, construí uma pirâmide de base triangular. É modesta, claro, mas se ergue na fenda como as pirâmides ao redor do assentamento.

É minha assinatura. A marca da minha passagem.

Ontem à noite, quis subir na Naïa como de costume, mas caí. Precisei parar duas vezes para descansar. Estou cada vez mais exausta.

Até porque tive um dia cheio.

Cavei buracos ao redor de algumas árvores bebês e os preenchi com galhos e folhas mortas do chão.

— Sabe, Tewida, todo mundo precisa de um refúgio. Você, por exemplo, se esconde no buraco e fica protegida. Já eu, fico na Naïa, na minha esteira e debaixo da coroa de folhas. Eu me aqueço, descanso. Mas os bebês não têm nada. Achei bom, então, dar uma caminha para eles. Do tamanho certo. Se gostarem, vamos logo ver. Que tal?

Continuo dando água para eles beberem de manhã e à noite.

Os que aguentam bem são aqueles a quem dei um refúgio de folhas. Eles devem se sentir acolhidos. No entanto, se eu não rego, as cabecinhas frágeis caem bem rápido.

Não paro de pensar na Anciã. Ela diz que a casca das árvores pode curar ou envenenar. Qual será o caso da Naïa?

Tenho dezesseis refeições.
Já comi quase todos os cabelos da lagoinha.

A CAÇADORA DE ÁRVORES

Tentei escalar a parede de novo. Tento todo dia. Passo os dedos pela parede toda, procurando uma falha, um caminho no muro curvado que me cerca.

Mas não existe caminho.

Os caçadores são muitos e trazem materiais como estacas e objetos que quebram pedra. Eles prendem cordas lá em cima da fenda, usando as carroças ou os rochedos próximos, se for o caso. Uma vez meu pai me contou que eles ficaram presos numa fenda, não lembro por quê. Talvez porque as cordas tenham arrebentado... De qualquer forma, eles ficaram presos. Na época, pensar que meu pai não voltaria para mim era um absurdo. Ele era invencível.

— E aí? Como vocês conseguiram sair, papai?

Eles tinham batido na pedra, batido e batido, formando, pouco a pouco, degraus no paredão. Eles se revezaram até construir uma escada para sair.

Eu estou sozinha e não tenho nenhum equipamento. Não me basto.

Minha faca está pronta. Entalhei o galho do cabo com a pontinha afiada da lâmina e a encaixei ali. Em seguida, enrosquei uma cordinha fina para amarrar.
Estou bem orgulhosa, considerando os poucos recursos de que eu dispunha.
É minha primeira faca.
Eu a construí e a mereço, mesmo que as mulheres e os homens do assentamento discordem.

Quando mergulho na água, meu cabelo cobre completamente meus olhos. Imagine a cara da Tewida humana quando me encontrar de novo! Ela vai ficar escandalizada, hahaha!
"Quando me encontrar de novo."
Quando. Quando.
Quando me encontrar de novo.
Nada de *se*.
Quando.

Sonhei com Solas na noite passada.
Ele estava casando com Tewida. Não a Tewida do assentamento. A Tewida de oito patas, Tewida-olhuda.

A CAÇADORA DE ÁRVORES

A Anciã conduzia a cerimônia, meu pai estava presente e caía chuva do céu sobre as cabeças coroadas do casal apaixonado.

Depois de declarar os votos, Tewida subiu na mão aberta de Solas, escalou o braço dele com as patinhas finas e angulares e mordeu o seu pescoço com as presas. A Anciã não a interrompeu.

— Assassino! Assassino! — gritou, apontando para Solas.

Eu fiquei prostrada, cobrindo o rosto com as mãos. Os caçadores perseguiram Tewida, para se vingar. Eu sabia que ela ia morrer.

Eu não fiz nada.

Quando me virei, a Anciã tinha se transformado em árvore e seu rosto se misturava à casca.

Acordei suando.

A fenda estava calma e fresca.

Desci no meio da noite, para ver se Tewida estava no buraco.

Chorei ao ver seus olhos.

Os bebês estão crescendo. Vários morreram apesar dos meus muitos cuidados, o que é uma pena. Ver aqueles caules todos secos e enrugados é muito triste. Cada dia, menos deles resistem. Aqueles a quem dei galhos e folhas estão bem. Os arbustos também tiveram filhos. Alimentar este mundinho é cansativo. Será que são os primeiros filhos da Naïa? Acho que não. Revirei a areia aos pés dela e encontrei bolinhas marrons, secas e ocas. Naïa deve tentar ter arvorezinhas faz um tempo, mas o Sol mata todas elas.

Queria comer uma barrinha de proteína à noite, mas preciso guardá-la para amanhã. Arranco um pedacinho da casca com a ponta da faca – só a parte superficial, não muito fundo, para que Naïa não sangre. Olho o pedaço por um bom tempo antes de enfiá-lo na boca.

— Desculpa, Naïa, mas estou faminta.

A princípio, não sinto nada. De repente, um gosto esquisito enche minha boca: a sensação é de um tapa que arde e me acorda. É um pouco amargo, mas não de todo ruim.

A CAÇADORA DE ÁRVORES

Agora é só esperar e ver se morrerei envenenada.

Não morri, mas aprendi a desconfiar da casca. Fiquei bem quando provei, no primeiro dia. Fiquei até menos cansada e consegui alimentar vários bebês.
No segundo dia, tudo bem também.
No terceiro, comi casca de manhã, de tarde e à noite. De madrugada, precisei descer voando, de tanta dor de barriga.
Dormi boa parte da manhã seguinte e comi uma barrinha de proteína para melhorar. Ainda tenho catorze.
A casca não faz mal, mas se comer só um pouquinho. Não me alimenta. No entanto, eu estava com dor na gengiva e passou. Naïa deve ter mandado a dor embora.
A Anciã estava certa. Naïa cura.
Não quero pensar na Anciã, nem no assentamento. Muito menos na minha mãe.
Não canto mais as canções de meu povo. Quero esquecê-las.
É mais fácil não saber o que tinha antes.
O que perdi.

Agora, todo dia pego um pedacinho de casca para comer de manhã. Sempre agradeço a Naïa. Tento arrancar pedaços insignificantes, para não machucá-la, e de lugares diferentes, assim ela consegue fechar as feridas se eu cortar demais.

Uma das árvores bebês está maior do que as outras. Fica longe da mãe, mais perto da parede e do buraco de Tewida. Eu a chamei de Pollok. Ela gosta da cama e da água, o que me deixa bem contente.

Eu me pergunto como Naïa sobrevive. Eu não levo água para ela e ela é grossa e alta demais para que eu possa cavar uma cama ao redor dos pés e regá-la. Na verdade, ela nem precisa. Tem o vestido de raízes.

Ela é independente.

Eu a admiro.

Afasto a voz da Anciã, mas as raízes de Naïa certamente buscam alguma coisa naquela areia grudenta...

Continuo a levar água para os bebês e para os arbustos. Entre a noite e o dia, vejo o quanto cresceram. Graças a mim. Eles vivem e crescem graças a mim. A fenda se transforma graças a mim. Ela perdeu o cabelo da lagoa e as folhas dos arbustos, mas tem novos filhos. Isso, sim, é uma aventura. Eu me pergunto o que minha mãe diria se eu contasse. Será que chegarei a contar?

Desculpe, mamãe, desculpe.

Certo dia, enquanto cochilo e o Sol ainda não chegou à fenda, sons esquisitos são trazidos pelo vento. São gritos e assobios. Eu me levanto na esteira, empunho a lança que deixo sempre por perto com uma mão, a faca com a outra, e espero, o coração batendo rápido.
Não é barulho de gente.
O barulho cresce, avança, e um estrondo aterrorizante ressoa na fenda de repente.
Por instinto, me abraço, apertando as costas contra a casca da Naïa.

O ruído não diminui, pelo contrário, só aumenta. Sou forçada a abrir os olhos.

Fico sem fôlego.

Não solto minhas armas, porque não sei o que são, mas nunca vi animais assim. Ao mesmo tempo, não sei nada sobre animais! Nunca vi tantos quanto aqui na fenda! Eles chegaram do céu. São do tamanho da minha palma, mas não têm asas transparentes como as dos bichinhos esmagados pelas supersticiosas: são recobertos por pelos engraçados, grandes e coloridos. Os olhos são pretos e imensos e o rosto acaba em uma ponta. As pontas abrem: são bocas! Assim que invadem a coroa de Naïa, começam a mordiscar os galhos.

No começo, acho que atacam Naïa, então grito para irem embora, "saiam daqui, chispem!". Se morderem com força, ela vai sangrar, e eles são muitos! As asas se abrem, batem no ar, eles se erguem, recuam. Até que, olhando melhor, vejo que, na verdade, eles mastigam os bichinhos!

Muitos ficam de boca aberta, respirando rápido. Parecem cansados. Tenho vontade de tocá-los.

Eles fazem uma barulheira, conversam na própria língua, soltam gritos melódicos.

De repente, eles decolam e partem.

Pulo descendo a corda, corro ofegante, desvio das árvores bebês, vou atrás deles, corto caminho pelos arbustos e... ah! Eles foram beber água! Amontoados ao redor da fonte, mergulham as boquinhas pontudas na corrente,

levantam a cabeça e deixam a água escorrer pela garganta. Alguns tomam banho, se sacudindo numa farra alegre.
Tenho novos amigos!

Eles ficaram um dia e uma noite e depois foram embora. Eu me perguntei se eram comestíveis. Tewida deve ter pensado o mesmo, porque uma das visitas celestes se aproximou do buraco e eu a vi se preparar para atacar. No entanto, o animal voou antes que ela se movesse.
Eu poderia ter tentado pegar um com a lança. Poderia. Mas e depois? Comeria os pelos? Tudo? Até a boca pontuda? E se alguma parte fosse venenosa?
Nunca matei um animal, nem mesmo aquele bicho que me atacou... quer dizer, além do bichinho esmagado e daquele que tentei comer.
Estou com fome, mas não sei como essas coisas funcionam.
Além disso, eles também pareciam exaustos.
Eles se aglomeraram na coroa de folhas e, quando o Sol sumiu, se amontoaram uns contra os outros, como cachos. Dormem com a boca pontuda enfiada nos pelos.

Abri os olhos na hora em que foram embora e os vi se perderem no céu. Eram lindos, livres e vivos, e saíram daqui tão fácil! Como me senti pesada, presa ao chão! Aonde eles vão? Será que a viagem é longa? Sabiam da existência de Naïa? Ou chegaram aqui por acaso? Os gritos e cantos eram cheios de vida.
O silêncio tomou seu lugar.

Eu queria poder sair da fenda, como a Tewida e as visitas celestes. Talvez, se chegasse lá fora, no chão reto do deserto, eu pudesse encontrar rastros na areia, uma trilha, marcas nas pedras.

Sou como Naïa: enraizada aqui.

Ainda tenho doze refeições.

Pollok já passa de meu tornozelo. Folhas perfeitas se formaram no alto. Ele é engraçado, porque é todo fininho. Como um caule pequeno e magrelo desses viraria Naïa? No entanto, é assim que o mundo escolheu fazê-la.
Que idade deve ter Naïa? Ela é tão alta, tão grande.
Décadas, certamente.
Centenas de anos, até.
Talvez mais do que isso.
Ela conheceu o mundo de antigamente.
Se ela soubesse falar, se eu soubesse entender, eu aprenderia muito.
Quando durmo, à noite, a barriga roncando e me rasgando por dentro, me agarro a Naïa.
Ela tece o vestido de raízes.
Ela tem filhos e os perde, queimados pelo Sol.
Ela bebe e sangra.
Naïa é como a minha mãe.

Estou perdendo as forças.
Nem a casca de Naïa me ajuda.
Desisti de trazer água para todos os bebês.

Só continuo a molhar Pollok. Também converso com ele. Apresentei-o para Tewida, expliquei que ela salvou minha vida. Eu também a descrevi, porque árvores não têm olhos. Tá, parece que também não têm ouvidos, mas aí já é outra história. Eu falei da caveira.
Eu peço a ele que aguente, que cresça.
Que ele não abandone a mãe.
Ele não deve fazer o que fiz.

Ainda tenho sete barrinhas.
Daqui a meia lua, não terei mais nada para comer.

Passo os dias com Naïa.
Minhas coxas estão fracas e finas.
Continuo a alimentar Pollok.
Eu o vejo esticar a cabecinha cheia de folhas para o céu, com aquele corpo magro e maravilhoso.

É impossível escalar o paredão. Não há nenhuma forma de sair daqui.
Acabou minha esperança.

Tateio no escuro. A Lua é um risco brilhante recortado no céu, mas a coroa densa de Naïa cobre a esteira onde descanso. Fecho a mão ao redor da lança. A faca está amarrada no cinto que visto sempre.

Eu me estico e observo o chão de cima, em busca do barulho esquisito que me acordou.

Parece a corneta do assentamento, mas óbvio que não é. A corneta berra e avisa. Já o canto que ouvi agora é um assobio grave, delicado, que ecoa pelas paredes, preenche a fenda como um carinho. Para e continua.

Ele se funde com a noite, como se pertencesse a ela.
É um chamado.
Eu me abaixo e abro ainda mais os olhos. A fenda está banhada pelo leve luar azulado.
Escuto antes de ver.
Tec tec tec tec tec tec tec.
Acho que é Tewida saindo de casa de novo
No entanto, ela está lá. Sua silhueta retorcida está até para fora do buraco.
Ela está imóvel, em silêncio.
É outra Tewida que chega.
É ela que canta.
As patas dela são altas, mais altas do que as da minha Tewida.
Será que vai atacar?
Por um momento, penso em descer para ajudar Tewida. Com o bastão pontudo, eu poderia ser útil caso uma concorrente queira roubar o território dela.
Escuto o canto com mais atenção.
É uma tentativa de *falar*.
Não de roubar.
Minha amiga pontuda não está em postura de ataque.
Ela aguarda.
Portanto, eu também aguardo.
A outra Tewida se aproxima lentamente, exagerando os passos.

Ela volta um pouco, avança, para. Levanta duas das patas bem alto, abaixa. Assim por diante.
Pouco a pouco, se aproxima.
Chega quase embaixo de Naïa.
Sem parar de cantar, ela anda para o lado e para. Seu canto estridente se ergue ao céu pontilhado de estrelas.
Aqueles movimentos engraçados são milimetricamente coreografados. Não tenho dúvidas: a outra Tewida dança.
De repente, minha Tewida avança.
Eu vejo as formas sob o luar pálido.
Ela também levanta as pernas em forma de agulha e se aproxima da visita de forma vaga, meio hesitante, meio confiante.
Para.
Aproxima-se.
Seu corpo reflete a claridade glacial do céu imenso.
Quando chega até a outra Tewida, ela a segue com todos os olhinhos curiosos.
Finalmente, entra no ritmo e começa a dançar também.
Na fenda silenciosa, como se todas as pedrinhas escutassem, as duas vozes das Tewidas se misturam, cantando o encontro, as patas sapateiam uma dança milenar e meu coração bate mais forte, porque as duas silhuetas se alinham de repente, as Tewidas se tornam almas gêmeas, vivas, vibrantes.

Marie Pavlenko

As Tewidas cantam e dançam noite afora e eu penso em Solas, em como queria também dançar com ele, cantar com ele sob a Lua que muda o mundo e o transforma em sonho prateado.

As Tewidas somem no buraco.
Seco as lágrimas e volto a dormir, agarrada em Naïa.

A outra Tewida foi embora. Minha Tewida está sozinha de novo.
Como eu.

Comi uma barra anteontem.
Ainda tenho três.
Tentei escalar os paredões pela centésima, milésima vez.

O Sol cresce, mostrando ao mundo todo quem é que manda.
Choro ao dar água para Pollok.
Quero que ele viva.

A CAÇADORA DE ÁRVORES

Meu coração bate, estou viva, sou um ser vivo neste mundo infinito no qual sou tão pequena.
Tenho medo, mas estou resignada.

Vou me juntar ao meu pai.

O vento traz vozes.
Vozes ecoam pelas paredes.
Vozes graves e frágeis.
Suspiro.

Abraço Naïa.
As vozes...
Conheço essas vozes.
É um sonho.
Eu me vou, suave.
Eu me levanto para ouvir melhor.
— Solas?
O silêncio é um tapa.
Eu me agacho na esteira, seguro os galhos de Naïa, tonta.
— Solaaas!
As vozes voltam, trazidas pela brisa.
— SOLAAAAAS!
Eu me agarro à corda, caio no chão, titubeio, os olhos ardendo sob o Sol voraz.
— SOLAAAAAAAS!
— Samaa?! Kalo? Que droga, Kalo, venha logo!
Não tenho mais forças, então me sento ali mesmo, sob o Sol, de olhos fechados.
— Estou chegando, Samaa!
Barulhos, gritos, conversas, palavras que dirigem a mim, mas que não entendo porque meus ouvidos zumbem, inspiro, expiro, toco a areia quente, pego um punhado, escorre por entre os dedos, pego outro.
Uma mão no meu ombro, outra me levanta.
Solas está ali e me abraça.

— Samaa... Mas... Samaa! O que você está fazendo aqui? Não é possível! Ai, ai, ai, como você está magra...
Kalo chega e me oferece água em gel, mas eu recuso, sacudindo a cabeça. Eles se aproximam, um depois do outro, me levam à sombra da parede, Solas me dá comida e eu engulo uma, duas barras.
Meus ouvidos param de zumbir e minha visão se ajusta.
Barulhos e vida por todo lado.
Minha vida.
— Mas o que... como é que... Você está melhor? — sorri Solas.
Não acredito, ainda estou atordoada pelo sono, pela presença surreal deles aqui, na *minha* fenda.
Kalo se agacha na minha frente.
— Que teimosa, ai, que teimosa! Você nos seguiu, é isso?
Assinto.
— E se perdeu! Que sorte que a gente mudou o caminho na volta! Você é inacreditavelmente sortuda! *Inacreditável!*
Abaixo a cabeça, mastigo uma terceira barra.
— Há quanto tempo está aqui? — insiste Kalo.
— Perdi a conta. Quatro luas? Talvez mais?
— Quatro luas?! E ainda temos mais meia lua até chegar ao assentamento!

Os homens falam alto, gritam, jogam cordas pelo paredão com estalidos, mais caçadores descem, riem.

— Como você aguentou tanto tempo?

— Eu tinha comida. Sombra.

— E encontrou uma árvore!

— É, e uma fonte.

— Uma fonte? Gente, há uma fonte aqui!

Continuo a comer.

Eles estão aqui.

Não vou morrer.

Não-vou-morrer.

Vou ver minha mãe.

Vou ganhar a faca do meu pai.

Vou mostrar a minha faca, que eu mesma fiz.

Eu os observo melhor.

Eles parecem exaustos.

— Deu tudo certo?

Solas balança a cabeça.

— Andamos rápido, mas chegamos tarde. A fenda tinha sido saqueada. Nada de árvore. Voltamos de mãos abanando...

— Até agora! — exclama Kalo, que se levanta, e meu coração dispara. — Corre, gente! Já estamos no limite dos mantimentos, temos mais uma boca para alimentar, não podemos relaxar!

Ele dá meia-volta. Com esforço, me levanto, seguro seu braço para detê-lo.

— Vocês vão matar Naïa?

Kalo me encara, sem entender nada. Um sorriso enorme cruza seu rosto dourado.

— Samaa! Você nos salvou! Vamos cortar essa árvore e, depois, poderemos passar pelo menos cinco luas no assentamento, até preparar a próxima expedição. Sem você, nem teríamos visto esta fenda! Se seu pai estivesse aqui, teria lhe dado umas palmadas pela desobediência, mas posso garantir que ele sentiria um orgulho enorme!

Vejo os caçadores perto do buraco de Tewida.

Ela está metade para fora, agitando as patas e se erguendo, impotente, mas não existe saída. Ela avança, recua, avança e acaba se refugiando dentro do buraco.

Já os homens estão empolgados. Eu sacudo Kalo, com os punhos fechados, tensa, e não quero acreditar, mas não é sonho, então começo a correr: eles pegaram galhos mortos e enfiaram no buraco da Tewida. Eles se divertem, emitem expressões de nojo, se afastam, voltam, exclamam, reviram o esconderijo, meio agachados, e, por um instante breve, vejo a silhueta risonha de meu pai entre eles. Levo um susto.

Escorrego na areia, ralo a mão, "Parem!", me levanto, tropeço, Solas me ajuda, ele me segura, mas me solto bruscamente e corro até o buraco, "Parem!", chuto as costas de um dos caçadores ajoelhados, ele cai para a frente, empurro outra vez, paro na frente do buraco.

— Deixem ela em paz!

Os homens riem mais ainda.

— Quem? O bicho? Você o viu?

Empunho a faca.

— Se vocês a tocarem, vou matá-los.

As gargalhadas aumentam. Solas chega perto de mim, franzindo as sobrancelhas, mas eu não me importo com o que ele acha:

— Afastem-se!

Ele para.

— Afastem-se, todos vocês!

Recupero o fôlego. Solas continua a se aproximar, então faço um arco com a mão e rasgo seu antebraço.

Kalo está atrás dele.

— Samaa!

— afastem-se!

Lágrimas e suor embaçam minha visão, outros caçadores pegaram ferramentas e um barulho abominável se espalhou pela fenda, um barulho que ressoou nas paredes, o eco de uma gargalhada atroz que dilacerou meus ouvidos.

Eles jogaram um machado contra o tronco de Naïa.

— parem!

Eu quero ajudá-la, mas os homens bloqueiam minha passagem, e ainda tenho que cuidar de Tewida.

— Basta, Samaa! — grita Kalo, avançando na minha direção.

Eu pulo e ele desvia da minha faca, confuso, e também recua.

Eu ousei.

Ousei desafiar o chefe dos caçadores, mesmo que eu seja uma menininha.

O caminho está desimpedido; os homens, estupefatos, afastam-se, então, grito:

— Saia! Tewida, saia! Salve-se! RÁPIDO!

Como se me entendesse, Tewida escapa do buraco e se joga no paredão.

Eu a observo, apertando a faca de pedra.

Na barriga dela, vejo um bolsinho translúcido.

Tewida também está grávida.

Os caçadores exclamam, agitados. Um deles pega uma pedra e ergue o braço, então jogo minha faca, com toda a força.

— CORRE, TEWIDA, CORRE!

O homem solta um grito porque a faca entrou no ombro dele. Kalo pula em mim, soltando palavrões, e dobra meus braços para trás das costas.

— Mas ela enlouqueceu, *enlouqueceu*!

Ele me machuca, mas tanto faz, continuo a me debater, virar o pescoço, Tewida sobe, as patas compridas e ágeis correndo pelo paredão, cascalhos explodem ao redor dela, ela sobe, ela foge, "vai, Tewida, foge, vai, vai!", ela está quase lá, uma pedra a acerta e ela perde o equilíbrio por um instante, mas logo se endireita, continua a subir, mais uns centímetros e pronto, some no deserto.

O comboio está parado do outro lado da fenda.

Tewida se salvou.

— Não encostem em Naïa! Sem ela, eu teria morrido! Por favor! Poupem Naïa! — soluço.

Caio no chão, não quero ver nem ouvir o que acontece, então me enrosco na areia ardente.

Tewida foi embora, mas Naïa não pode fugir.

Os machados atingem o tronco num ritmo regular, *tchac, tchac, tchac*.

A fenda ressoa, pede ajuda, mas não há nada a fazer. São quatro homens ao redor de Naïa, e cada golpe me destrói.

— Kalo, se você soubesse, não faria isso, se soubesse...

Ele segura minhas mãos nas costas, com força, dói, vai quebrar meu ombro se continuar. Solas deve ter percebido, porque ele diz:

— Vai ajudar, Kalo, eu cuido disso. Não se preocupe, *eu cuido disso*.

Ele me solta e eu tento me levantar, mas Solas me impede.

— Pare, Samaa, os homens estão no limite.
— Solas... faça eles pararem — murmuro. — Por favor, eu imploro.

Ele não diz nada.

Eu ergo o rosto.

O tronco se parte, se abre, racha, desiste, Naïa sangra, precisa de mim, está morrendo - ela que me deu abrigo, de cujos bebês cuidei, que me deu casca, que me acolheu nos braços compridos, que luta sozinha no fundo da fenda para sobreviver há tantos anos.

Ela está morrendo, assassinada pelo meu povo, e eu não posso fazer nada.

Desculpe-me, Naïa.

— Quem é Naïa? — sussurra Solas.

Eles levam mais de uma hora para derrubá-la.

Quando os machados acabam de furar e estourar o tronco, os homens apertam e empurram.

Naïa se entrega.

Ela cai devagar, se rende, se deita e, quando atinge o chão, a fenda inteira geme.

Uma voz que desconheço sai de dentro de mim e toma os céus.

Solas me abraça.

Marie Pavlenko

Eu caminho.
O Sol me queima.
O deserto me engole.
Com a faca, marco entalhes em todas as pedras.
Meus entalhes.
Aperto bem a mochila.
Lá dentro, tenho as bolsinhas de bolinhas.
Os filhos de Naïa.

À noite, depois de andarmos muito sob os raios ofuscantes do Sol, os homens param e acendem uma fogueira. Eles se sentam em círculo e comem.
Eu me instalo longe deles.
Os restos de Naïa estão empilhados nas carroças.
Não quero odiar Kalo, Solas e os outros.
Eu deveria estar alegre por me juntar ao meu povo.
No entanto, a ignorância deles matou Naïa. Ela alimentava os bichinhos, que alimentavam as visitas celestes. Ela vivia com Tewida e com a fonte. Ela era forte e frágil.

A raiva me corrói e não consigo dormir, revirando debaixo da coberta que Solas me emprestou, enquanto ele dorme com o pai, e aperto os punhos, abro, fecho, sem adormecer.

Meu pai matou tantas árvores. Ele caminhou com seus companheiros, abateu troncos centenários, saqueou a água das fendas e brincou com animais, com Tewidas, e gargalhou com o grupo. Não sei o que mais me dói: o tronco despedaçado de Naïa amontoado nas carroças ali perto, ou o fato de que meu pai era tão estúpido quanto esses homens todos.

Espero que Tewida tenha lindos filhos, cheios de patas e olhos, e volte ao buraco.

Será que sobrevive sem Naïa?

E Pollok?

E a fonte? Vai secar?

Eu me viro para o céu estrelado. Existirão outras Naïas sob este céu? Ou foram todas destruídas pelos homens?

Se eu tivesse poderes mágicos e pudesse transformar a terra e o céu, inventar um mundo para vivermos, inventaria um mundo cheio de Naïas, fontes e Tewidas.

É assim o mundo que eu quero.

Mesmo sabendo que não faz sentido, espero os *tec tec tec tec tec tec* aos quais me acostumei, o farfalhar contínuo das folhas. Mas o deserto está morto. Calado.

Meus pés sangram de tanto andar na areia em brasa. Solas me empresta suas sandálias. São grandes para mim, mas pelo menos protegem meu pé. Dou passos desajeitados e fico para trás. Os homens reclamam de me esperar. Acelero.

Hoje à noite, pela primeira vez nos muitos dias desde que partimos, Solas sai de perto da fogueira e vem se sentar ao meu lado.

— Venha ficar com a gente.

— Não posso.

— Não entendo...

— Eu sei. Se tivesse vivido como eu, ao abrigo da coroa de Naïa, se tivesse visto seus filhos crescerem, entenderia.

— Mas a *leña* nos dá vida!

— Não. As árvores dão vida, Solas. Elas mudam a terra, trazem água. Animais vivem sob a sombra, se alimentam, outros vêm descansar, se proteger. O mundo cheio de árvores é rico. Sem elas, é estéril. Descobri isso tudo. A Anciã está certa. Eu queria tanto que você entendesse.
Solas me encara.
Por um instante, uma expressão irônica, que conheço muito bem, distorce seu sorriso. Ele a engole. Porque estou chorando, porque ele viu que alguma coisa mudou. Que eu mudei.
— Vou tentar, Samaa. Prometo. Tente me explicar.

Ando atrás dos homens, o ar do deserto queima minhas narinas. Está tão quente que nem sinto que respiro, é como se nada entrasse nos meus pulmões.
Olho para as fatias de tronco de Naïa.
Divido a comida de Solas, as sandálias.
À noite, quando ele acaba de comer, vem se sentar ao meu lado e eu falo do alívio da sombra, do canto das folhas, dos bichinhos ocupados que se cumprimentam com a cabeça, do meu corpo na fonte que renasce, dos cabelos no fundo da lagoa, do amor de Tewida, da caveira.
Ele ouve.

Depois de vários dias, ele para de jantar perto da fogueira. Engole a barrinha de proteína ao meu lado.
— Mais. Conte-me mais.

Quanto mais perto chegamos do assentamento, mais medo sinto.
E se a Anciã estiver morta?
Não conseguirei nada sem ela.
Às vezes, eu vou até as carroças, curvo-me sobre os restos de Naïa e sinto o perfume dela.
O sangue secou.
Inspiro fundo.

Chegamos.
As barracas pretas estão dispostas na areia ocre do deserto.
Pela primeira vez, eu as vejo sob a perspectiva dos caçadores, distantes há muitas luas. A corneta explode em meus ouvidos e os homens comemoram.

Só penso em uma coisa.
Mudo de direção.
— Samaa! — chama Kalo.
Aponto a Murfa.
Ele hesita, mas assente. Eu me separo do grupo, corto em diagonal e corro, corro até perder o fôlego; sinto o coração pulsar nas orelhas.

Ouço "Samaa!", reconheço a voz da minha mãe, eu a amo, senti tantas saudades, mas continuo a correr até a barraca da Anciã.

Quando chego, estou vermelha, sem ar. Minhas pernas vacilam.

— Samaa!

Minha mãe chega, também correndo, e eu me jogo nos braços dela, me aperto contra seu rosto, pescoço, ombros, abraçando-a com força.

— Desculpe-me, mamãe.
— Eu disse que ela voltaria.

A voz áspera da Anciã me arranca da minha mãe. Eu me viro para ela, encontro seus olhos claros.

A Anciã está viva.

Ela ergue o pano que cobre a entrada da barraca, afasta-se e me deixa entrar. Minha mãe vem atrás.

A Anciã volta à esteira.

Estou tão feliz que ela esteja aqui!

Eu me sento à frente dela e minha mãe também, acariciando meus cabelos compridos.

— E então? — pergunta a Anciã.

Abaixo a mochila à minha frente, mergulho a mão lá dentro e ponho os filhos de Naïa no chão. Ela pega um e o examina com cautela.

— São sementes — diz ela.

Concordo com a cabeça.

Sementes, isso.

— Sei como fazer com que elas cresçam, se tornem árvores — respondo.

Minha mãe para o carinho.

Ela me encara.

Finalmente, segura minha mão, e sua palma na minha traduz sua confiança e seu amor.

Eu sorrio e conto tudo.

A multidão ouve, silenciosa.
O menino fecha o Livro, com as mãos tremendo. As folhas ressecadas percorridas pela escrita fina são frágeis, a tinta está borrada em alguns lugares.
Ele pôde tocar o Livro, lê-lo, sendo que a cerimônia acontece a cada dez anos.
Ele tem sorte.
A seu lado, uma mulher, descendente de Samaa, se adianta. Ela usa o cabelo curto.
Ela explica que, usando os entalhes no caminho, Samaa voltou à fenda com a mãe e a Anciã.
Que, juntas, plantaram os filhos de Naïa.
Que outros se juntaram a elas: Solas, Tewida-cabeluda, mulheres e homens, entre os quais, Gwarn.
Que foram buscar sementes no fundo de outras fendas saqueadas. Que precisaram lutar para defender as primeiras árvores, construir barreiras, armadilhas, pegar em armas, às vezes, matar. Que muitos morreram para proteger a floresta dos caçadores e do povo rico da cidade.

Que outras florestas foram plantadas, em outros lugares.
O garoto escuta, sério.
Ele pensa em Samaa.
Ele não usa água em gel, nem garrafas de oxigênio.
Ele reconheceu os pássaros do Livro, a aranha, as formigas e a cobra. A hiena, o ratinho saltador. Ele leu livros que outros nômades guardaram como tesouros.
Ele segue os convidados, que saúdam Pollok e amarram panos coloridos ao redor do tronco grosso.
A floresta povoa a fenda e os arredores; agora, se estende até sumir de vista.
Uma brisa morna acaricia as folhas, que murmuram segredos.
Os animais voltaram.
Fontes reapareceram.
O menino para na frente de Pollok, agradece à Samaa, à Naïa, à Tewida-olhuda, à Anciã que tinha memória.
Ele amarra uma cordinha num galho em nome delas; em seguida, junta-se aos amigos e corre, brinca, pula samambaias, raízes, brotos, arbustos, enquanto os adultos conversam.
A barraca dele fica no alto de uma acácia.
Dali, ele poderá trançar uma escada mais firme, rir, falar, beber, comer e dormir, ouvindo o canto dos pássaros.

Sobre o livro

Há muito tempo, morei na Jordânia. Lá se estende o deserto de Wadi Rum, o deserto de Lawrence da Arábia.
Quem vive lá são os beduínos.
O deserto é um espaço ardente infinito, onde a vida é difícil. Quando dois seres humanos se encontram, é todo um evento. Os beduínos que se encontram perguntam sobre os filhos, a saúde, sobre muitas coisas. É um ritual milenar.
Antes disso, eles se saúdam.
"Uma família e uma planície", dizem.
Porque é isso que prometem à pessoa que encontram.
Aqui, encontrará uma família, abrigo e uma planície para seus animais.
Essa expressão acolhe o estrangeiro, oferece ajuda em um meio hostil.
Ela simboliza a conexão entre os seres vivos em um mundo em que eles são os mais frágeis.

Marie Pavlenko

Agradecimentos

Obrigada a Roxane Edouard, que me encorajou quando eu duvidava de tudo, e a Ben, que me incentivou a escrever esta história.

Obrigada a Céline Vial pelos conselhos valiosos, a Céline Dehaine, a toda a equipe da Flammarion Jeunesse: Hélène, Marine, Brigitte, Aélys, David, Laurence, e mais. Obrigada a Odile e Bapou pela leitura e pelos retornos que me permitiram amadurecer o manuscrito.

Obrigada a Édouard Le Floc'h e James Aronson pelo livro *Les Arbres des déserts – Enjeux et promesses*, publicado pela Actes Sud (2013).

Obrigada a todas as associações e grupos ativistas que lutam para que o mundo volte a ser como era, deslumbrante, rico, diverso, povoado, em vez de um deserto estéril, esvaziado de beleza pela ganância e pela ignorância: LPO, ASPAS, One Voice, Nous voulons des coquelicots, Extinction Rebellion, Youth for Climate, Sea Sheperd, WWF, Greenpeace, Bloom, Pollinis, Ferus, assim como à infinidade de grupos pequenos e grandes, locais, regionais e nacionais, que, no mundo inteiro, defendem a vida.

Obrigada a Aurélien, que me deu confiança.

Por fim, obrigada a Stéphane, Mathias e Aurélien, por estarem aqui.

Este livro foi publicado em janeiro de 2022 pela Editora Nacional.
Impressão e acabamento pela Gráfica Impress.